非凡华丽家族之

永恒精灵

GORGEOUS FAMILY OF THE ETERNAL GENIE

艾可乐 著

天津出版传媒集团
天津人民出版社

图书在版编目（ＣＩＰ）数据

非凡华丽家族之永恒精灵 / 艾可乐著. -- 天津：
天津人民出版社, 2015.10（2020.3重印）
ISBN 978-7-201-09736-7-01

Ⅰ.①非… Ⅱ.①艾… Ⅲ.①长篇小说 – 中国 – 当代
Ⅳ.①I247.5

中国版本图书馆CIP数据核字(2015)第234477号

非凡华丽家族之永恒精灵
FEIFAN HUALI JIAZU ZHI YONGHENG JINGLING
艾可乐 著

出 版	天津人民出版社	
出 版 人	刘 庆	
地 址	天津市和平区西康路35号康岳大厦	
邮政编码	300051	
邮购电话	（022）23332469	
网 址	http：//www.tjrmcbs.com	
电子信箱	reader@tjrmcbs.com	
责任编辑	玮丽斯	
装帧设计	胡万莲 杨思慧 刘碧玲	
制版印刷	三河市华东印刷有限公司印刷	
经 销	新华书店	
开 本	710毫米×1000毫米 1/16	
印 张	16	
字 数	213千字	
版权印次	2015年10月第1版 2020年3月第2次印刷	
定 价	42.80元	

CONTENTS
目录

CONTENTS
目录

永恒精灵的传说
PROLOGUE

你知道永恒精灵吗?

就像闪电一样,身上有着金色的光,如奇迹般出现,拯救世人于危难中,又眨眼间便会从你的视野里消失。

夏夜的星空闪耀着迷人的光芒。

在夜空下,一栋精致的小洋楼里,面对着花园的窗户敞开着。一个皮肤白皙、有着长长的褐色头发的少女,在暖色灯光的照耀下,倚在窗台边若有所思。

带着夜来香香味的风轻轻拂过她光洁的额头,几丝调皮的发丝舞动着。窗外是一大片只有在夜间才会绽放的夜来香,虽然没有蝴蝶飞舞,但是花丛间有着无数萤火虫,衬托着点缀着星星的夜空,如同梦境一般。

但是这美丽的景色丝毫没有让少女分心。

她低下头,看着手中的照片,眉头微微皱起,墨蓝色的眼眸被长长的睫毛挡住,让人看不到她此刻的眼神。

"难道是我猜的方向错了?但是明明有那么多人证……"

少女摇摇头,放下照片,从旁边的书桌上拿起笔记本,用笔在上面写写画画,时而舒展着眉头,像是微笑;时而又轻咬着嘴唇,将前面写下的东西狠狠划掉。

一阵风吹过,将放在书桌上的照片吹落到地上,照片上的内容清晰地展现出来。

那是两个月以前发生的事情——

在邻市茉莉市的一条不是很繁华的街道上,发生了一起事故。

一辆满载着水果的大货车,由于司机疲劳驾驶,将货车开向了展览馆的广场,而

这个时候，一群参观完画展的小学生正由老师带领，在广场集合准备回家。

由于这一幕发生得太突然，所有人都不知道该怎么办。

就在大家以为马上要面对一场惨剧，而自己却束手无策时，一道金色的幻影突然出现，将失去控制的大货车推离了原本的方向。

大货车在展览馆的广场边缘转弯，轮胎滑出两道黑色的痕迹，然后朝着广场旁边没有人的河中栽去。

一声巨响过后，大货车侧翻在了河里，广场上的小学生还有老师毫发无损，而疲劳驾驶的司机也只有一点儿轻伤而已。

这简直是个奇迹。

根据在场所有人的口述，大家都信誓旦旦地说，事发的时候是一道金色的幻影将大货车硬生生地搬离了原来的路线。但是各种专家表示，一定是司机自己清醒过来，转动了方向盘才避免了惨剧的发生。

直到一张照片的出现，引起了更多人的关注。

据说那张照片是一位摄影师无意中拍下的。

惊恐的人群，还有失控的大货车，照片正中间则是一道像是被人恶作剧涂上去的金色幻影。

目睹了那场事故的小女孩，在面对记者的采访时，坚定地说道："那就是永恒精灵。"

小女孩的话像是打开了人们心中的一个开关，人们纷纷讨论着那道金色幻影的来历与传说。有更多的人甚至将从展览馆买来的"永恒精灵"的明信片放进自己的钱夹里，并且祈祷着在自己遇到危险的时候能得到拯救。

永恒精灵其实是小女孩在展览馆看过的一幅画，上面画的是一位雌雄莫辨、面目被金色的光遮住的圣洁精灵。

传说在世人绝望的时候，神就会派遣他最宠爱的精灵——永恒下凡拯救世人。他

身上有着金色的光，速度比光还快。

　　谁也不曾见过他真实的面目，但只要是需要帮助的人，都曾看到过那抹金色的光之幻影。

怪怪的同桌
CHAPTER
01

1.

传说在学校东边树林的塔楼顶端，有一间永远也打不开的房间。

每到周三放学的时候，这个房间的窗户将会被打开，运气不好的人会看到飘扬着的天蓝色窗帘上有可怕的身影；还有的人说，他们看到了窗帘后面闪烁的银色光芒；也有运气不好的人说看到过披着斗篷的吸血鬼、高大冷酷的狼人。

"喂，你说的这个故事也太老土了！"

一群茉莉学院的学生透过教室的窗户看过去，刚好可以看见郁郁葱葱的树木之中露出一个塔尖。

"才没有胡说！我哥哥可是当年成功靠近了'传说之塔'，这些都是他跟我说的！"

站在一群同学当中讲故事的人，在听到伙伴们的嘲讽之后，脸涨得通红，挥着手臂，激动地捍卫自己的发言。

"你哥哥在里面看到狼人了吗？"

"还是看到了吸血鬼？"

"塔楼里面是不是封印着什么很奇怪的东西？"

同学们被他调动起兴趣，七嘴八舌地问着。

"我哥哥说，他当时是在周三值日的时候看到一个黑色的影子走进了树林，他本

来还以为是新生想要探险，就本能地想去劝阻，却没想到……"说故事的男生说到这里，声音渐渐低了下来，连呼吸都变得细微了。周围的人也下意识地配合着他，放缓了呼吸。

"没想到那个人钻进树林里就不见了，我哥哥找了好久都没有找到，等回过神来的时候，他已经站在了离塔楼很近的地方。虽然看上去相隔不到10米，但是他说，他怎么走也走不到塔楼边上……"

"哇——"

同学们围在一起，一边看着阳光下镀着一层金色光边的塔楼，一边发出了感叹。

茉莉学院最古怪离奇的塔楼传说，今天也很好地被学生添油加醋地传扬着。

与此同时，在传说中的塔楼里的小房间里，三个男生正围坐在一张圆桌边，他们的面前摆放着一盘看上去超级可口的杯子蛋糕，但是三人就像是在进行什么特殊仪式一样，完全没有丝毫动作。

房间里的沙发上，一只粉红色的小猪玩偶睁着黑豆一样的眼睛看着三人。它旁边的小茶几上，一小束不知道名字的白色小花在水晶瓶里展露着自己的身姿。花瓶的旁边，一本粉红色封面、看上去像是少女漫画的书被翻开一半，中间有一片玫瑰花瓣作为书签。

这三个人就是茉莉学院传说中的"三怪"——白小侠、杜重，还有风间澈。

性格怪异，永远都跟不上他的思维，明明上课时间都用来睡觉和开小差的他却能在考试的时候发挥超常的实力，让老师都拿他没办法的白小侠——即使拥有超级美少年的外貌，但所有人在见到他第一眼后都不是惊艳于他的外表，而是被他的逻辑打败了。

"茉莉学院有一半的人会喜欢我哥哥的脸，另一半会烦死他的性格。要是有女生喜欢他，请一定要告诉我，我会向她献上我崇高的敬意！"这是白小侠的亲妹妹白小

萌说的。

端坐在中间，一头黑发、面容冷峻的少年，看上去是他们当中最不好相处的，有如同狼一般的眼神，还有孤傲的气质。被人称作独狼杜重的他，在学校也是个独行侠，拥有完美的脸蛋和身材，要不是他自身强大的"制冷系统"能让靠近他3米内的人连血液都冻结，传闻是"神秘美少年模特Mr.D"的他，大概会连吃个饭都会被围观吧。

但是，就是这样一个活动冷气柜，据说也有了女朋友，真是让茉莉学院的女生们心碎一地。

三人当中，被称作"隐王"的风间澈，绝对引人注目，但凡是他出现的地方，所有人的注意力在第一时间一定是放在他的身上。名为"隐王"，但是行动一点儿也不低调。只是因为他怪异且宽大的黑色斗篷，将他整个人都遮得严严实实的，就连脸也被一张银白色的面具遮盖，而他本人也不会在人多的地方出现，即使是班上的同学，也没有人见过他的真面目。

这三人中的任何一个出现在某个地方，都会引起一大群人的关注，现在"三怪"聚集在一起，难免会让人好奇。

他们三人露出这样严肃的表情，聚在一起到底是为了讨论什么呢？

"喀喀……"即使是在室内也戴着白色面具、穿着连帽黑斗篷的风间澈，轻轻咳嗽一声，然后打开了一个记事本，小声说道，"那么，我们今天讨论的内容就是……喀喀……"

风间澈像是不好意思一样，在关键的地方停住了，然后看了看另外两个人。

急性子的白小侠已经睁大了眼睛，一眨不眨地盯着风间澈，恨不能掰开风间澈的大脑，直接读取内容；而杜重则是一副事不关己的样子，一只手端起了摆在面前还冒

着热气的红茶，饮了一口，随即又嫌弃地放了下来。

"是……跟女生对视超过30秒会是什么样的感觉？"

风间澈一说完，有些不好意思地低下了头。

白小侠皱眉思考了一会儿，随后直接转过头望向杜重："你先来，你最有发言权了！"

为什么最沉默冷酷的杜重反而是最有发言权的呢？

学院"三怪"好歹是茉莉学院的风云人物，三人长相也是非常出色的，按理说都会有一大群崇拜者，没必要因为这个问题而纠结，但是呢……就是因为"三怪"的行为实在太过诡异，导致他们当中唯一一个有女朋友的居然是独狼杜重。

虽然杜重的女朋友是白小侠的妹妹，但是这仍然掩盖不了杜重是这三人当中最有发言权的事实。

两双充满渴望与求知的眼睛直勾勾地看向杜重，虽然没有说话，但是里面包含的羡慕嫉妒明显得不能再明显了。

杜重看着两位好朋友，万年不变的冰山脸上难得浮现出一丝松动。

他一只手放在桌上，轻触着额角，另一只手则摆弄着他根本不会在意的色彩绚丽的马卡龙，姿势随意而且慵懒。要是被学校的女生看见这一幕，一定会尖叫起来。

"这种经验不是依靠其他人传授就能理解的，必须自己亲身经历啊。"

在勾起两人强烈的好奇心之后，杜重轻描淡写地抛出一句话。

"这……"

风间澈被这种耍赖一般的回答噎住，一时间不知道该说些什么。

"阿重，你可不能过河拆桥。你是我们当中唯一有过这样经历的人啊！你不能有了小萌以后，就把我们这些曾经的盟友抛到脑后。你也不想想，当初要不是你抢走了小萌，没准这会儿阿澈已经跟小萌在一起了，温柔的阿澈一定会跟我分享他的经验

非凡华丽家族之

永恒精灵

的！"

白小侠独有的语速让他的话永远都会比大脑先一步说出来，与此同时，风间澈也感受到了杜重身上传过来的冷意。

"我……我没有……"风间澈结结巴巴地说道。

"可是我有啊！女生简直超级奇怪，世界上怎么会有这么奇怪的生物啊？嘴巴上说着不喜欢、不要，但是尊重她们的意见了，还是会对你生气。早上明明还微笑着跟你打招呼，中午给你带午餐，到了晚上又对你爱答不理，胆子小得不可思议。明明喜欢每天追着我跑，但是我一停下来到她们面前，她们反而害怕得脸红，还情不自禁往后退，我有那么可怕吗？"

白小侠愤愤不平地想起平时在他面前出现的女生，不要说对视了，对方就连跟他说句话都要脸红，然后捂住胸口往后退。

害怕但是还要往他面前凑，这到底是什么病啊？女生之间才流行试胆大会吗？

即使是白小侠想破了他聪明的脑袋，也回答不了这个问题。

"砰砰砰——"

就在三人还在听着白小侠滔滔不绝地唠叨时，房间的窗台上，不知道什么时候挂上了一个攀爬钩，接着一个脑袋探了出来。

"风间澈，你居然敢躲我！你就算躲到了这里，封锁了塔楼的大门，我白小梦还是能找到你，哈哈哈——"

白小梦一边说着，一边利落地从塔楼的窗户外面爬了进来，一身紧身的黑色攀爬服衬托出她娇小的身材，长长的头发被绑成了辫子，垂在了右胸前，脸上满是骄傲与自信。

"白小梦，你……你居然敢爬上来——"风间澈看着突然出现的白小梦，难以置信地摇着头，"这里可是有5层楼高。"

　　"5层楼算什么！"白小梦撇撇嘴，不屑地说道，"当年潜入空军作战队玩，我可是从3000米高空跳下都不流一滴汗呢。快，为了奖励我爬上这么高的地方，不如你让我看看你的脸？"

　　如同男女性别转换了一样，白小梦做出一副垂涎的样子，摩拳擦掌地邪笑着走向风间澈。

　　"你……你不要过来——"

　　风间澈紧张地看向了杜重——现场唯一能压制住白小梦的人，但是之前白小侠的话似乎戳中了杜重的要害，杜重假装什么都没看见，把头转向了一边。

　　无奈之下，风间澈只好抓着白小侠，挡在他跟白小梦的中间。

　　"这不挺好的吗？阿澈，你不是想知道跟女孩子对视的感觉吗？这不是正好有小梦吗？你跟她试试啦，试过之后告诉我感受啊！"白小侠笑眯眯地一个闪身，离开了战斗中心。

　　"不——我才不要跟她——"

　　风间澈哀号着冲出门。

　　"你们要试什么呀？只要你让我拍几张照片，我保证配合你啊！来嘛来嘛……"楼道里传来白小梦欢乐的喊声。

　　"因为人员不足，所以这次会议终止，下次会议继续讨论本次话题，希望大家都能有所收获。"

　　杜重面不改色地从地上拾起不知道什么时候掉落的记事本，写上了风间澈没有记完全的会议记录。

　　"唉，知道啦！我会尽快找个女生试验的……"

　　会议解散，白小侠伸了个懒腰，从沙发垫下面摸出一本漫画，慵懒地躺在了沙发上。

今天的茉莉学院怪人团校园骑士会议结束得比平时早好多啊……

2.

郁郁葱葱的树叶从精致的白色铁艺围栏中探出，将围栏内外分成了两个世界。一扇镂花大门静静敞开着，迎接着进进出出的人群。

此时正是上学的高峰期。

穿着米色制服的同学们互相打着招呼，然后走进大门内，而白色大理石大门的旁边立着一块巨石，上面龙飞凤舞地雕刻着"茉莉学院"四个大字。

我坐在车上，看着披着晨光朝气蓬勃的茉莉学院的同学们，情不自禁地贴近了车窗，用手指在玻璃上轻轻地画了一个圈。

"呼——"

我轻轻吐了一口气，然后整理一下自己的服装，确定没有任何失误之后，点了点头。

车门这时候从外面被打开，一只手伸到了我的面前，我微笑着伸出手，然后探出身体。

"站在车外看茉莉学院的校门，果然要比在车内看更加震撼啊，让人从心里对这所学院的创建者感到尊敬，是吧，晴明？"

阳光没有了玻璃窗的过滤，显得格外耀眼，我忍不住眯起眼睛，打量着这所漂亮的学校。

"是的，露娜小姐。"晴明站在我身边，毕恭毕敬地说道。

晴明拥有高挑的身材，即使穿着白色的校服，也能看出精壮的体格，犹如青松一

般挺拔。不同于一般男生白皙的皮肤，晴明蜜色的皮肤让他添加了一丝普通学生不可能有的气魄，微微上挑的眼尾，因为被他嫌弃略显轻浮而挡在了平光眼镜之下，高耸的鼻梁和深邃的眼眶让人忍不住怀疑他是不是有着异国血统。

很多女生从我们身边经过，热辣辣的眼神毫不掩饰地投射在晴明身上，让我也无辜受到了牵连。

对了，忘了介绍，我叫露娜，生活在一个从事传媒业的家庭里。可能是因为父亲是知名主播，母亲是一名有责任感的记者，在他们的影响下，我从小就喜欢对各种事件进行深层次的挖掘。而我的目标是追踪世界上的各种奇怪事件，并且解开其中的谜题，成为一个大名鼎鼎的"传说狩猎者"。

而站在我身边的这个高大英俊但是一脸严肃的冷漠少年——喂，不要瞎想啦，这是比我哥哥还要亲的晴明，他是个孤儿，在孤儿院的时候被我父亲资助培养，为了报答这份恩情，他一直以保护者的姿态守护在我身边。虽然我已经无数次表示，我是真的把他当成亲哥哥看待，但是晴明一直把自己放在"露娜的守护者"的位置上。

虽然没有了晴明帮我处理一些事务我的确会很苦恼，但是能收获一个哥哥我会更加高兴。

"真是的，我说晴明，你是不是忘记我们的约定了？"我噘了噘嘴，不满地看向他。

"对不起，露娜。"晴明推了推鼻梁上的黑框眼镜，改口道。

晴明为了保护我，一直寸步不离，从小到大像是要刻意划清我们之间的界限，从来不肯直呼我的名字，所以这次来茉莉学院，带上他一起入学的代价就是——直呼我的名字。

没错，我，露娜，"传说的狩猎者"，从今天开始，就是茉莉学院二年级的学生了。虽然不能跟三年级的晴明在一起很寂寞，但是即使只有我自己，也会努力加油

的。

迎着风，我一步步走向这个我向往已久的学校，晴明则始终跟在我身后，保持着一步的距离。

不知道是不是因为我和晴明是这个学校的生面孔，我们向学校里面走去的时候，总有一些视线围绕着我们。

不过，身为知名主播和名记者的女儿，我怎么可能会怕被人打量呢？

一想到这些，我挺了挺胸，向前走着。

"之前你拜托我调查的'永恒精灵'事件目击者的资料，我都已经整理好了，就在红色的笔记本里——你自己整理的那些资料，我也给你做了一下归类，都放在橙色的文件袋里了。"

晴明上前一步，递给我几个资料袋。

我接过资料袋，深吸了一口气。

没错，自从两个月以前第一次知道了"永恒精灵"的传闻之后，我便一头扎进了挖掘精灵真相的坑里。

随着了解程度的加深，还有科学数据的对比分析，我发现"永恒精灵"事件目击者最多的地方就是茉莉市，其中茉莉学院的学生像是受到精灵眷顾一般，占了所有目击者人数的2/3。

这个数据一看就有蹊跷，我怀疑那个所谓的"永恒精灵"跟这所茉莉学院有着某种神秘的关联。

"露娜。"一直跟在身后的晴明出声打断了我的思绪，我回过头，他眼神中闪过一丝忧虑。

我笑着朝他摇摇头。

既然已经来到了茉莉学院，那么不管那个"永恒精灵"是有人弄虚作假还是确有

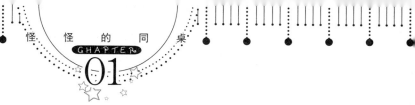

其事，我露娜都不会浪费来到这里的时间，事件的真相就乖乖等着被我发掘出来吧！

15分钟后——

"晴明……"我有些头疼地看着一直跟着我到了二年级教室门口的晴明，"你应该是三年级吧？"

"可保护你是我的职责。"晴明板着一张脸，顽固地说道。

"保护我并不是你的职责，去三年级教室上课才是你的职责！"我揉了揉额头，发现因为我跟晴明一直站在门口不动，已经有不少人开始注意我们了。

虽然身为名主播和名记者的女儿已经习惯了受人瞩目，但是来到新学校的第一天，我还不想用这种方式引起别人的注意。

"如果你不好好回去上课，我就要爸爸把你转回原来的学校哦，并且再也不让你跟在我身边了！"

无奈之下，我只好拿出撒手锏。

晴明的脸上明显出现了挣扎的表情，然后不甘愿地转身走去。

"对了，晴明，为了让你能有美好的校园生活，下课时间禁止来找我，一定要好好跟同学相处哦。"

看着晴明离开的身影，我忍不住恶作剧一番。

我看到晴明的身体僵硬了一下，肩膀无精打采地耷拉下去。

祝你校园生活愉快，晴明！

目送着晴明离开之后，我将滑落到脸旁的一丝头发捋到了耳后，然后深吸一口气，走进了教室。

老师此时已经站在讲台上，看样子已经等了我一小会儿，我有些不好意思地对他鞠个躬表示歉意。

"好了，大家应该已经知道我们班会有新同学来了吧？新同学刚从宝石学院转来茉莉学院，希望大家能跟她好好相处。下面我们请新同学自我介绍一下吧！"

我站在讲台上，清了清嗓子："大家好，我是露娜，刚从……"

我刚想把之前打好腹稿的话说出来，没想到刚开口，讲台下方就传来了一阵惊呼声。

"啊，我想起她是谁了！我之前跟爷爷出席一个展览会，在那里见过她，她是那个名主播露宁的女儿！"一个留着偏分头的男生指着我大喊起来。

烦死啦！

我的名字才不是"露宁的女儿"呢！

虽然我有个很有名的爸爸，但总是被人用附属的形式跟爸爸捆绑在一起，我也会不开心的。

"露宁？那她的妈妈就是那个超级厉害的记者啦！"一个扎着马尾辫的女生捂着胸口说道。

"露娜同学，我是艾米女士的粉丝，你能帮我要到签名吗？"一个戴眼镜的男生怀里抱着一本摄影集，就要朝我冲过来。要是我没看错，那似乎是妈妈最新出版的书。

"露娜同学，可以请你说说，身为露宁主播和艾米记者的女儿的感想吗？"又有一个同学发问。

感想？

我想起爸爸每天早上一定要穿着花裤衩打一套军体拳才会恢复精英的样子，还有妈妈死皮赖脸地霸占着沙发，说一定要克隆出两个她，一个负责工作，一个负责打扫，而她只要躺在沙发上就好的无赖样子，嘴角情不自禁地开始抽搐起来。

"大家安静！"看着教室已经炸开锅，老师不得不拍了拍桌子，"露娜同学以后

还有很多时间跟大家相处，现在请让她介绍一下自己。我想有时间她一定会很乐意回答大家的问题的！"

接着，老师对我点点头，示意我继续作自我介绍。

"我……"

我接着刚才的话，刚想继续说下去，但是刚开了一个头，就被旁边的一个响声吸引了注意力。

因为教室的门是推拉式的，所以受到撞击以后并没有打开，但是随后，门便被拉开了，接着从门外探进了一个脑袋。

来人有着一头看上去超级柔软的头发，一双黑白分明的眼睛因为吃痛而微微眯起，好看的五官也因为疼痛而皱在了一起。但即使是这样，也丝毫无损他的气场，所以一开门，就自然而然地吸引了所有人的目光。

"啊，已经是上课时间了吗？对不起，因为想了一点儿问题，所以一时没有注意……"

那个人一边摸着头，一边不好意思地朝我走了过来。

虽然是第一天上学，但是看到这样大大咧咧地迟到还不知悔改的人，我还是忍不住皱了皱眉头——为什么茉莉学院会有这样的学生啊？

"你就是新同学？"

就在我以为对方要越过我去座位的时候，他却在我面前站住了，不仅这样，还把脸靠近了我，一脸好奇。

废话！

不是新同学，我干吗要站在这里作被打断了两次的自我介绍啊？

我连笑脸都不想给他，直接往后退了一步。

"咦？"发现我后退，那个没有礼貌的家伙"咦"了一声，也跟着我向前走一小

步。因为他比我高出一个头，所以在靠近我的时候，不是直接低下头，而是稍微弯下腰，平视着我。

"你……"

被他注视着，我总觉得心中的秘密要被看穿了一般，忍不住想开口质问他，但是话还没说完，又被他打断了。

"看着我的眼睛30秒，我会报答你的！"那个怪人这样说道。

我本来还在期待他说出什么惊人的话，在听到这个请求之后，愣了愣神。

"白小侠这次又想做什么？"

"真是奇怪……"

"嘻嘻，也许是新挑战。"

……

耳边响起了同学们的议论声，这个叫白小侠的怪人也一定听到了，但是他像什么都不知道一样，只是看着我，眼神中带着期盼。

我心中的某一根弦断裂开来：既然是向我发起挑战，那么我是绝对不会输的！

"好。"

我点点头，表示同意。

一秒钟，两秒钟……

我放空思绪，在心中默默数着时间。

第10秒的时候，我觉得有些无聊，干脆打量起他的眼睛。

这双黑白分明的眼睛仿佛是镶嵌在喜马拉雅山山顶万年积雪中的黑宝石，纯净且清澈，没有染上一丝杂质。阳光在他眼中反射出斑斓的色彩，使这双眼睛显得更加有神采。

第20秒的时候，我看见他如蝶翼般的睫毛微微颤抖着，在眼睛下方投下一片阴

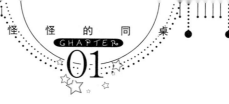
影。

为什么会有人拥有如此纯澈的眼睛呢？

用这样的双眼看见的东西，跟我看见的会有什么不同？

我仔细地看着那双眼睛，习惯性地想从里面发掘出更深、更黑暗的东西来，但是那双眼中包含的感情一目了然。

那双眼睛里看到的是我的双眼。

原本还在心中默默计时的我，在看到那双眼睛的时候，也忘记了时间的存在，挑战一般不愿意移开视线。

"咯咯……露娜同学，白小侠同学，不得不打扰一下你们的交流……"老师刻意的咳嗽声在我耳边响起。

白小侠看都没看老师一眼，认真地解释道："我们不是在交流，而是在做试验。"

听了他的话，我又控制不住自己的脸部肌肉了。

"你现在有什么感觉？"白小侠挠了挠头，问道。

感觉？

我回忆了一下，果断地摇头："没有，你有什么感觉？"

他微微皱起眉头，蔷薇色的嘴唇噘了噘，像是在控诉一样，说道："你的眼睛太大了，看久了眼睛好痛啊！"

对不起，我眼睛太大，让你看得眼睛痛。

我一边想着，一边丢给他一个大大的白眼。

"哈哈，我的试验完成了，你想要我怎么报答你？"

名为白小侠的怪人像是终于完成了任务一般，无视我的白眼，冲我露出一个大大的笑容。

"你叫白小侠？"

看着他的脸，我的脑海中突然抓住了什么。

"是啊，他就是我们班的白小侠同学，虽然有点儿奇怪，但是成绩非常好哦！"一直被我们无视的老师在这个时候向我解释道。

"对啊，我是白小侠，所以你快说你要我怎么报答你！"白小侠也一脸"我是圣诞老人，不管你提什么要求，我都能满足你"的表情。

对了，白小侠，我想起来了！

之前收集的"永恒精灵"的资料里显示，有个叫白小侠的男生似乎也看到过永恒精灵的幻影，但是他的说法跟其他人有很大的差别——很多人都把幻影想象成天使、精灵甚至超人的样子，只有这个少年果断地说，那不是幻影，也不是人，但是具体是什么，他却没有说。

真正了解真相的人，在最开始的时候总是会保持沉默的，所以我们要耐心地从海量的信息沙砾中挖掘出代表真相的金子——露宁先生。

名主播爸爸曾经的口头禅在我的脑海里闪现。

换句话说，有可能这个叫白小侠的怪人才是真正看清楚"永恒精灵"事件真相，握有"金子"的目击者。

既然这样……

我看了白小侠一眼，仿佛看到了"永恒精灵"的真相在不远处微笑着冲我招手。

"我暂时没有什么事情拜托白小侠同学。"我对白小侠说道，然后转过头对老师露出一个笑容，"不过，我想拜托老师，让我跟白小侠同学成为同桌。茉莉学院的同学们都超级优秀，我刚来学校，怕跟不上大家的进度，所以需要一个成绩好的同学在

课余的时候帮我辅导功课……"

老师先是愣了一下，然后看了一眼白小侠："坐在一起是没问题，不过辅导功课……"

白小侠早已背对着我们走向了自己的座位，一头飘逸的黑色头发已经被他蹂躏得像个鸡窝一样，头顶上一撮顽强的头发像天线一样，颤巍巍地指向空中，并且随着他的动作一晃一晃的。

"白同学是我来到班上第一个跟我说话的人……"我眨了眨眼睛，努力让自己看起来楚楚可怜。

"好吧，白小侠同学，你以后要帮助露娜同学哦。"老师想了想，对我点了点头。

得到了许可，我终于露出了来到班上以后第一个发自内心的笑容。

"以后也要请你多关照哦，白小侠同学。"

回到座位上，我朝旁边的白小侠打了个招呼，不料他茫然地看了我好一会儿，说出了一句让我差点儿气炸的话："可是我很忙，你还是自己关照自己比较好。"

说完，他就真的"很忙"地倒头大睡了。

我的笑容顿时僵在了脸上。

这个家伙……

我努力深呼吸，让自己平静下来。

露娜，你要冷静，冷静！毕竟这个人是最有可能了解"永恒精灵"真相的目击者，你一定要忍耐，才能慢慢地化解他的防备心，找出最后的真相。

传说狩猎者露娜，加油，绝对不会被怪同学打倒的！

就在我给自己鼓励的时候，"嗡嗡"声响起，是手机收到短信的提示音。

我打开一看，是晴明发过来的短信——

"露娜，放学后一定要等我一起回家，还有，注意身边的同学，不要让自己陷入危险。"

我忍不住轻轻地叹了一口气。晴明还真是爱操心呢，自从小时候我在他面前被人绑架过一次，他就一直很自责、很担心，总认为我身边时刻充满了危险。唉，他的神经根本没必要那么紧绷啦！再说，那件事本来也不是他的错，要是他能把心结解开就好了。

"露娜同学，你是在想今天跟你一起在门口说话的人吗？"一个清脆的声音在我耳边响起。

我抬起头一看，一个长得像洋娃娃一样的女生笑眯眯地望着我。

"今天跟你一起的人好帅啊，他是你的朋友吗？"坐在我前面的女生干脆转过身，眨巴着眼睛似乎在等我的回答。

"朋友？是说晴明吗？"我回复了晴明的短信，好笑地摇摇头，"不是啦，他是我哥哥。"

"只是哥哥？"两个女生互相看了一眼，两眼都在发光，"露娜同学，我们能跟你做朋友吗？"

"可以呀。"

我点点头。

"哗啦——"

前座的女生似乎有点儿激动，她站起身，握住我的手的时候碰到身下的椅子，发出一阵摩擦声。

"呼——"

旁边一直在睡觉的白小侠似乎受到了声音的影响，抓了抓脸，换了个姿势继续睡觉。

啧，真的睡得和猪一样！

"我叫萝萝！"前座胖胖的女生说道。

"我叫洛小雅！"像洋娃娃一样的女生说道。

"既然我们是朋友了，那就把你哥哥介绍给我们认识呀！"她们两眼发光地看着我，期待着我的回答。

这两个女生挺可爱的，介绍也没关系，不过……要是晴明知道我为了交朋友而把他卖掉了……

呵呵，他应该不会生气吧？

调查真相很重要，但是让哥哥一样的晴明找到自己的幸福也一样重要呢。

"好啊，而且我可以告诉你们我哥哥喜欢的女生类型……"

我笑眯眯地接上了两个女生的话题。

3.

两天后。

来茉莉学院两天，托名主播爸爸和名记者妈妈的福，当然还有晴明的魅力，再加上我露娜本身热情开朗的个性，我很快就有了大批谈得来的朋友，并且很好地融入了茉莉学院的生活中。

不过，我无往不胜的魅力在那个怪同桌兼重要调查目标——白小侠那里大大地受挫了。

想我露娜做过那么多调查，还跟随爸爸妈妈采访过很多奇奇怪怪的人，但我不得不承认，茉莉学院的新同桌白小侠真的算得上是怪人中的奇葩。

这两天我一直找机会想跟他套话，却怎么都没有机会。

下课铃声一响，他就会以闪电般的速度冲出教室，等3秒钟后我尾随着冲出去，却找遍整个学院都找不到他的人影。而在上课铃声响起的前一秒，他又会神奇地出现在教室门口，手里拿着各种奇奇怪怪的东西：什么民族风情的风铃啦，什么巨无霸冰激凌啦——茉莉学校还有卖巨无霸冰激凌的小店吗？我怎么不知道？什么歌手签唱会CD啦——那个歌手的签唱会明明是在其他城市，他怎么拿到新鲜出炉的签售CD的？

我真的不知道短短十几分钟的休息时间，白小侠是从哪里弄来那些东西的。

就在我又一次因为跟丢白小侠而郁闷地盯着他空荡荡的座位生气的时候，教室门"吱呀"一声被推开了，我看到白小侠开开心心地拿着一个意大利狂欢节风格的面具走了进来。

目标来了！

我条件反射地站起来，伸出手打算跟他打招呼，不料在他踏入教室门的同时，"丁零零"的上课铃声也响了起来。

就是这样，跟踩点一样，每次上课铃声一响，白小侠就恰好进来。

我只能目送着白小侠回到座位上。

大概是我的目光太过炽热，白小侠察觉到了。他看到我的目光后，居然非常警惕地把白色面具往自己怀里一藏，然后装着若无其事的样子端坐在椅子上，认真地看着前方的黑板。

啊，对了，现在是上课时间！

我连忙转过头，讲台上，老师已经打开书准备讲课了。

虽然调查真相很重要，但是品学兼优的我学业也不能落下。

我立马拿出了笔记本，跟随老师黑板上的板书做笔记。

嗯，这里是重点，要标上蓝色的记号。

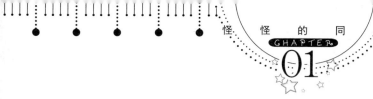
不是很理解的地方也要马上记录下来，不管是问老师还是回家问家教，都要弄清楚才是。

原来这道题还有这种解法啊，不愧是茉莉学院的老师，讲得真仔细啊。

"哗啦啦——"

就在我努力集中精神听老师讲课的时候，旁边的白小侠不知道在摆弄什么，弄出了稀里哗啦的响声。

"噗——"

又一声响声刺激着我的神经，我手上的自动铅笔笔芯"啪"的一声断掉，金属的笔头在笔记本上划下了一道痕迹。

今天已经是第三天了！

从我来到这个学校，成为白小侠的同桌开始，除了下课找不到他人，我还从没有见他上课的时候认真听过课。

他不是在睡觉，就是在做一些奇怪的事情。

前天上课是玩象棋，昨天是在给蜗牛造房子，关键是工艺还无懈可击，至于今天——

我强忍着把课本往那个趴在桌上不知道在做什么的人脑袋上砸的冲动，转过头，看他今天又能玩出什么花样。

仿佛之前弄出响动的人不是他一般，白小侠此时正凝神静气地垂着头，看着桌面。因为角度的关系，他的眼眸被遮掩着，从我的角度看过去，只能看到如同蝶翼一般的长睫毛微微颤动着。

白小侠轻轻咬了咬嘴唇，像是在思考难题，淡粉色的嘴唇因为他这个动作而变成了玫瑰色。

到底是遇上了什么问题，让他如此忧愁？

有那么一瞬间，想要帮助他的话差点儿从我口中说了出来——直到我看到了他课桌上乱七八糟地摆了一桌迷你型铲土工具，还有一大块黄色泥巴一样的东西。

这些东西你是怎么带来学校的？

像是在回答我心中的疑问似的，白小侠又从挂在课桌边上的书包里掏出一个大盒子，盒子打开，从里面倒出几个塑料小人来。

啊，白小侠，你的书包里装了这么多东西，请问还能装书吗？

就在我疑惑的时候，他又将那几个塑料小人摆放在黄泥块附近，有的拉着一条黄色的带子，有几个塑料小人则直接被摆放在黄泥块上，而他自己则拿着一把迷你型的小刷子，在泥块上刷来刷去。

仔细看，我发现那一块黄泥并不是普通的泥土，因为在白小侠的动作之下，一块侧躺着的恐龙化石渐渐出现了。

这是在玩考古游戏吗？

这么一想，似乎也能从那些塑料小人身上看出一点儿眉目呢——拉着警戒线保护施工现场的警察，还有穿着朴素、用小小的工具耐心除掉覆盖在化石上的尘土的考古人员……

没想到看上去那么不拘小节的白小侠也能玩这么需要定力的游戏，不过，这样就能提高他的责任心了吧。

刚这么想着，我就看见白小侠从盒子里掏出了一个看上去鬼鬼祟祟的塑料黑衣人。啊！难道是罪犯得知这里有化石，要来偷吗？

果然，黑衣人鬼鬼祟祟地绕过了警察，攻击了那几个考古人员。

怎么办？

"喂，白小侠同学，罪犯要把化石带走了！"

太过入神的我忍不住轻声提醒他。

白小侠却像是没有听见一样，看都没看我一眼，继续做他要做的事情。

绝对不能放过盗走化石的坏蛋！

情急之下，我伸出手，将之前被放在一边的警察全部拿了过来，放在了罪犯面前。

哼，警察来了，看你怎么跑！

白小侠抬起头，愤怒地看着我。

看什么看，比眼睛大吗？

我才不怕你呢！

我控制着警察一步步逼近了罪犯，将罪犯逼到了角落，同时也没忘记狠狠地瞪白小侠一眼。

白小侠不甘罪犯被逼到角落，周身的气场都变了。他看了我一眼，黑衣人手上就多出了一个小小的黑色的东西。

这是炸弹吗？

罪犯想要玉石俱焚吗？

呜呜呜——

罪犯开始向警察逼近，但是因为他手上有炸弹，我不得不一步步后退，然后眼睁睁地看着白小侠给罪犯装上了滑翔翼，打算逃跑。

"不可以——"

情急之下，我忍不住伸手去挡了一下，滑翔翼如愿地撞到了我的手，直直地栽倒在地上。

"露娜……"

坐在前座的萝萝惊讶地回头看着我。

我这才回过头，发现此刻老师正铁青着脸望着我："露娜同学，这里为什么不可

以这样？能请你解释一下吗？"

"那个……不……我……不是……"我的脸一下子红了，"是……是白小侠——"

我刚想说出白小侠上课做小动作的事情，结果一偏头，就看到了足以让我吐血的一幕——之前还经历过一场"战争"而凌乱不堪的桌面，不知道什么时候已经被收拾得干干净净，白小侠也一副认真听课的样子，拿着书一脸无辜地看着我。

这个家伙……

我心里念头百转千回，但是此刻只能低着头，羞愧地向老师道歉。

"对不起，是我开小差了……"

"好了，一定要认真听课，不要开小差，要多向你的同桌学习。"老师摇摇头，示意我坐下。

我看着被老师说成学习榜样的白小侠，几乎要吐血了。

"露娜同学，我觉得你这样很不好，上课就一定要听老师讲课，不然会跟不上进度的。"下课后，白小侠没有像以前一样迅速消失，而是义正词严地对我说。

"你……"

我感觉有一口气堵在我的胸口，吞不下去也吐不出来。

你以为是谁害我变成这样的啊！如果不是你在那边玩什么奇怪的游戏，我至于……

呜呜呜，总之，被你那些奇怪的小动作吸引是我的不对，但是你这样义正词严地说我上课不认真，你好意思吗？

所有的情绪累积在一起，我觉得自己现在就像一座火山，只要再受一点儿刺激，就要爆发了。

"露娜。"坐在我斜对面的洛小雅小声叫着我的名字。

我深吸一口气，转过头，看见洛小雅一脸羞涩地指了指教室门口。

我抬起头，发现晴明正站在教室门口，探进半个身体看着我。

哦，对了，已经到了放学的时间吗？

我低下头想收拾书包的时候，却发现刚刚还在教训我的白小侠不知道什么时候又消失不见了。

明明刚才还在我面前义正词严地教训我，结果一个不注意，他又消失不见……

简直就像会飞天遁地一样！

不过今天……

"晴明，快打开定位器，看看白小侠到底跑去哪里了！"我拎着书包，一边往前走，一边吩咐晴明。

晴明拿出一个黑色的小盒子，在上面摆弄了几下，很快就答复我："定位显示他已经离开了学校的范围，但是只要我们速度快，还是能跟过去的。"

呵呵，白小侠，你以为能逃过我露娜的追踪吗？

今天上课时，虽然一不小心被你的小动作迷惑住了，但我也找机会把微型跟踪器放到了你的身上。

就在今天，我一定要抓到你！

4.

30分钟后——

有了定位器，找到白小侠似乎也变得容易起来。

但是这个地方……

我和晴明追踪到了白小侠所在的地方。

看着眼前杂草丛生、已经荒废了不知道多少年、摇摇欲坠的烂尾楼房，我心里有些疑惑。

白小侠是不是已经发现我们正在追踪他，故意耍我们呢？

这种地方一看就不是人待的啊！

我的脑海中浮现出白小侠黑白分明、干净得过分的眼睛，马上否定了自己心中的想法——

拥有这种眼神的人，一定没有那个智商玩"金蝉脱壳"吧？

"晴明，你确定我们没有找错地方？"

我看着已经没有了大门的楼房入口，里面黑黢黢的，像是随时会有什么猛兽冲出来，将我们一口吞噬掉一样。

"轰隆——"

晴明张了张嘴，但是说的话被突然响起的雷声掩盖住了，一秒钟之前还是万里无云的天空，此时却铺上了厚厚的乌云，闪电在乌云中闪过，显得无比狰狞。

"白小侠一定在这栋楼里，但是……"

"轰隆——"

又一声雷声响起，晴明手中的追踪器冒出一阵火花，他忙不迭地将追踪器丢到了地上。

"晴明，你没事吧？"我担心地问道。

晴明摇摇头："没关系，只是今天的追踪又要失败了……"

我看着在乌云下显得更加可怕的烂尾楼，咬了咬嘴唇。

"还没有失败，白小侠一定进去了，要是现在放弃，以后找机会可就难了！"

"可是在追踪器坏掉之前，我最后看到的也只是白小侠进入这栋楼而已，这里这么大……"

晴明有些为难。

"没关系，我们分开找！"

我说出事先做好的决定。

"不行，我不能让你在这么危险的地方一个人行动！"

晴明果断地拒绝了。

天空中的乌云越来越厚，吹来的风带着水汽。

"晴明，如果我们现在不行动，一会儿下大雨了才叫危险好吗！"虽然知道晴明是在担心我的安危，但是在追求真相的道路上，是不允许有任何迟疑的，于是我飞快地跑向了离我最近的大楼入口，"放心，我会照顾好自己的。晴明，我往这边，你去后门，半个小时以后我们这里见！"

"露娜，你千万要小心……"身后传来晴明担心的叮嘱。

哈哈哈，"永恒精灵"还有白小侠的秘密，全部由我接手调查了！

跑上废弃大楼的楼顶时，我还信心满满地想着。

头顶上是仿佛触手可及的乌云，无数金色的闪电像调皮的金色小龙在云层间不断穿梭，就连随便一个呼吸，都能感受到水汽一起进入了肺部。

轰隆的雷声像是警告一样，在我耳边咆哮着，温热的风卷起一两根树枝在半空中飞舞。

打开天台门的一瞬间，我感觉好像进入了另一个诡异的世界。

然而这一切都不在我的注意范围之内，因为眼前所看到的景象让我的心脏都要停止跳动了。

"白小侠——"

我忍不住尖叫出声。

这个白痴到底在做什么?

他站在楼顶最中央的位置,抱着一根细长的金属管子,在他的头顶上,无数金色的闪电盘旋成一个旋涡的模样,并且像吸铁石一样,吸引了更多的闪电加入其中。明明只是一些细小的闪电,但是凑在一起,却将一小片天空都照亮了。

"轰——"

一阵雷声伴随着一道闪电划破天空,照得白小侠脸色惨白,但是他脸上的神情一点儿也不害怕,反而是欣喜中带着期盼。

一瞬间,我的脑海中只想到类似"催眠""灵魂穿越"之类的东西。

雷声越来越响,天空中的闪电似乎也像是在积蓄力量一样,慢慢凝聚在一起。

不行,白小侠这样下去会很危险的!

虽然我不喜欢他,但是也不能因为这样就见死不救吧?

身体永远比大脑快一步,在我回过神来的时候,我发现自己正用力拉着白小侠的手,要将他拉出金属管的范围之外。

"露娜,你怎么会在这里?"白小侠张着嘴,一脸惊讶地问道。

"你先别管我为什么会在这里,关键是你为什么会来这么危险的地方?等一会儿一定会打雷,我们先离开这里好不好?"原来白小侠还没有丧失意识,居然认识我,太棒了!这比我之前想过的情形要好太多了!

我一边说,一边拖着白小侠往楼梯间走去。

呃?怎么走不动?

我回过头,看到白小侠一只手被我拉着,身体却站在原地一动也不动,脸上满是不满。

"走啊!你不离开,难道想留在楼上被雷劈啊!"我翻了个白眼,没好气地冲他

吼道。

我在用力拉他，他却一直向后倾斜着身体不愿意跟我走。

"白小侠！"我强忍着想把他一拳揍趴下的冲动，咬牙切齿地看着他。

他不会是刚才已经被雷劈过一次，脑子被劈坏了吧？

虽然他平时就已经很奇怪了，但现在看起来已经不是奇怪的范畴了，而是应该去医院，好好检查一下大脑，看是不是发生了什么病变。

云层越压越低，聚集在一起的雷电像一条巨龙一样在空中盘旋，云层仿佛已经遮盖不住它的身形——

光是露出一小截，那其中蕴含的能量都让人胆战心惊。

乌云和闪电下方，白小侠一副满不在乎的样子："我现在不能走啦，我等了3个月才等到今天这场超级闪电浴，错过了，我会后悔一辈子的！"

"什么闪电浴呀！白小侠，你不只是脑子有问题，而且问题还不小啊！"听到白小侠不正常的话，我现在后悔跟晴明分开行动了。

要是晴明在，这会儿应该已经敲昏白小侠这个神经病，在去往医院神经科的路上了。

"轰隆——"

又一声闷雷在我头上炸开，空气中的水分子已经多到好像要凝结成水珠了，而我的心脏也在这阵响雷中跳到了极限。

怎么办？

"哗啦——"

在我还没有想到办法的时候，一声响雷过后，我看见一道紫光中裹着金光的闪电，好像要劈开天地一样，朝白小侠的头顶劈去。

白小侠松开我的手，用一种享受的姿势迎接着闪电。

　　瞬间，那道光芒包围着白小侠的身体，而我的眼睛像是被无数闪光灯闪了一样，看不清任何东西，最后连意识也消失了。

1.

　　紫色的雷电从乌云中呼啸而来，而白小侠却站在原地，用一种享受的姿势迎接着雷电，雷电在他头顶上盘旋出扭曲的形状。

　　我大声呼喊着白小侠的名字，想要冲上前去将他带出那个危险的地方，但是不管我怎么喊，他始终没看我一眼。而我的身体像是被一道无形的力量束缚住，怎么也无法动弹，只能眼睁睁地看着比人的身体还粗的闪电包围着白小侠，而白小侠则微笑着呼唤我的名字，向我伸出了手。

　　"露娜……露娜……"

　　白小侠的脸一下子变成了晴明的脸，突然出现在我的面前。

　　"啊啊啊——"

　　我忍不住尖叫起来。

　　我睁开眼，窗外的阳光透过鹅黄色的蕾丝窗帘，在地上投下点点光斑，窗外的小鸟也发出了清脆的叫声。

　　空气中充满了玫瑰的香味，窗台前的书桌上放着一个紫色的小熊玩偶，墙壁上密密麻麻的照片和便利贴随着微风轻轻摆动。

　　我坐直了身体，茫然地看着四周——

　　这里似乎是我的房间。

　　我最后的印象就是看见一道闪电直接劈中了白小侠，但是为什么我现在会在自己

的房间里呢？

"嘶——"我有些头疼，揉了揉太阳穴。

"怎么了？是哪里不舒服吗？要找家庭医生过来吗？"晴明手上的餐盘还没来得及放下，便一脸紧张地问道。

我的脑海里像是被人塞进了一个乱七八糟的线团一样，不管怎么找，都找不到头绪。

"不用了……晴明，我们昨天不是还在废弃大楼里吗？怎么……"

"昨天我们分开之后，按照你的吩咐，我在后门拦截，但发现那栋大楼的楼顶有异常的闪电，我便要过去找你，但是还没上楼，白小侠同学就抱着晕倒的你出现了。"晴明的脸上露出了愧疚的表情，"对不起，露娜，这次我没能保护好你……"

我摇摇头："是我太任性了，没有料到……"

我的脑海里不断回想着之前看到的画面。

雷电，白小侠，还有被闪电包围着却丝毫没有痛苦的身体……

"对了，晴明，你看到白小侠的时候，他有没有什么异常？"我脑海中灵光一闪。

"异常？"晴明放下手中的餐盘，给我倒了一杯蜂蜜柠檬水，果断地摇摇头，"没有，白小侠同学看上去相当正常。"

"没有头发倒立、浑身冒着电光，或者脸上焦黑之类的？"我不死心地继续追问道。

"没有。"晴明再一次确定。

怎么可能！

我昨天明明看到了一道闪电劈向了他，他身上的电火花也不像是我的错觉啊！

我可是冒着要死掉的危险去拉他的好不好！怎么会没有事呢？

难道我看到的所有画面，都只是白小侠跟我开的一个玩笑？

知道我在跟踪他，所以特意穿了能防雷电的衣服，然后找准时间，演了一场戏给我看？

啊啊啊，简直是一场耻辱啊！

我露娜光辉的人生简历中，可没有供人愚弄这一项啊！

看见我那么着急，白小侠的心里一定乐开了花吧？

明明知道自己不会有事，所以看着一个傻瓜拼着命去救他。

我气得浑身颤抖，越想越不开心，拿起身边的一个枕头，把它想象成白小侠的脸，用力打了下去。

"露娜，你还好吗？"晴明讶异地问道。

"晴明，能不能拜托你一件事……"我双手揪着枕头，咬牙切齿地说道。

"什么事情？"

"我要你帮我调查白小侠那个浑蛋的所有信息，包括他小时候尿过几次床，摔过几次跤，早上刷不刷牙，晚上爱不爱洗澡，吃饭喜欢先喝汤还是先吃菜，豆腐脑爱喝甜的还是咸的……所有的事情，我都要知道！"

"这……"晴明担忧地看了我一眼，最后还是点了点头，"好的，我知道了。"

看着晴明离开，我再次倒在了床上。

白小侠，你准备接招吧，我要让你知道得罪我露娜的下场！

晴明的工作效率永远都是那样高。

吃过晚饭后，我回到房间，看见一个蓝色文件袋静静地躺在书桌上面，而文件袋的最上方是一张白小侠上课打瞌睡时的照片。

我撇撇嘴，拿起白小侠的照片，原本是想着揉成一团直接丢进垃圾篓的，但是不

知道怎么回事，却将照片收进了书桌的抽屉里。

我这种动作比大脑还要快的毛病到底什么时候才能消除啊！

我拉开椅子坐下，打开蓝色的文件袋，里面除了一大堆白小侠的照片之外，就只剩下一张纸了。

纸上的内容是说白小侠是茉莉学院的"三怪"之一，据说每周三他们都会在学校的一个秘密地点聚会。经过晴明的计算与排查，发现茉莉学院东边树林的秘密塔楼是他们的聚会地点。

除此之外，再也没有别的信息了。

"居然连晴明也查不出来白小侠的个人信息吗？"

我捏了捏鼻梁，有点儿头痛。

头脑聪明，行动神出鬼没，行为怪异，还不怕雷电……怎么看也不像一个普通的学生啊。

虽然从某种意义上来说，茉莉学院的学生本来就不是普通人，但是白小侠这种不普通，似乎已经脱离了某个范畴。

不，既然是学院"三怪"，说不定我昨天看到的那些诡异的画面是白小侠联合其余两人一起做出来的。

一个人不能完成的事情，不代表三个人不能做到。

一想到这些，一个计划在我心中慢慢形成。

学院"三怪"是吧，装神弄鬼是吧……

既然得罪了我露娜大人，你们就等着被我揭开真面目，然后跪在我脚边求饶吧！

"咔嚓——"

不知道什么时候，我手中的铅笔一不小心被我弄断了。

2.

时间：星期三。

"风向偏北。"晴明的声音从耳机里传了过来，"如果感觉到危险，一定要告诉我，我会在直升机上随时待命。"

"明白。"我回答道。

直升机上的噪音超级大，但是这些噪音怎么也无法抵挡我现在的好心情——没错，我马上就要拿到茉莉学院"三怪"的一手资料啦！

那三个神神秘秘的人，每周三都会在一间小房间里，不知道在讨论些什么，要是一些关于怎样毁灭世界的问题，我要怎么去阻止他们呢？

"勇敢露娜机智拯救世界"之类的报道，想想就振奋人心呢！

嘿嘿……

"露娜？"晴明的声音中有了一丝疑惑。

啊……我一不小心笑出声来了。

"晴明，3分钟后停在塔楼的斜上方。"我一边通过耳机给晴明下达指示，一边再次确认自己的装备——

针孔摄像机、微型窃听器、录音笔、攀爬工具、潜入设备……

准备完毕！

我将这些东西都放进了特制的随身背包里，然后打开了直升机的门。

一阵强风吹了进来，也带来了大量的新鲜空气。

脚下是郁郁葱葱的树木——说这是片小树林，其实有点儿对不住人家，因为从我的角度看过去，是一片一望无际的树海，而所谓的"东边的树林"，大概只是指学校所占的那一小块地方吧。

我深吸一口气，将保险绳扣在自己的腰间。

"晴明，我准备好了。"

"注意安全，祝你成功。"晴明的声音传过来的同时，直升机也压低了机身，直逼矗立在树丛中的高高的塔楼。

塔楼的顶层，一扇窗户从里向外开着，一小截天蓝色的窗帘被风吹着从里面飘出来，但是很快又消失不见了。

我看了看手表，离白小侠他们聚会还有一段时间。我下午请假出来的时候，白小侠还在教室里玩他的新游戏呢。

直升机离塔楼越来越近，我找准时机，纵身一跃。

直升机的噪音在我耳边消失，取而代之的是呼呼的风声，身体像是失去重力一样，在空中滑翔，我忍不住张开双臂，享受这难得的自由。

直到腰间的保险绳变紧，我目测了一下自己跟塔楼窗户的距离，用力晃了一下身体，双手用力抓住了窗檐，然后解开保险绳，顺着窗户爬了进去。

第一步潜入作战成功！

"你是谁？"

就在我以为房间里一个人都没有的时候，耳边却传来一个女生的声音。

"扑通——"

我的心跳瞬间加快，突如其来的质问让我一时之间不知道该怎么回答。

怎么回事？

不是说这里是学院"三怪"聚会的地方吗？为什么他们聚会的地方会有女生出没？我的调查到底出现了什么纰漏？

我的脑海中闪现出各种想法。

我机械地扭过头，不知道该用什么表情来面对意外出现的人。

"你来这里有什么事情？这里是不对外开放的。"

问话的那个女生端着一大盘刚做好的糕点，婴儿肥的脸蛋上有着浅浅的红晕，大大圆圆的眼睛，就像是小鹿斑比一样，水汪汪又超级无辜的样子；深褐色的长发被微风吹拂着，露出一个大大的小猪造型的发卡。

"我……我……"

我来这里是做什么的啊？

心里有个小人已经开始绝望地尖叫了。

什么叫出师不利？

我还没有开始行动呢，就被人逮住了。

是直接说出真相，然后请求这个女生的原谅，还是干脆一棍子敲晕她，当作什么事都没发生过？

我慢慢靠近那个女生，深吸一口气。

"我，我是来，来调查的……"

我绞尽脑汁想着借口。

"啊，调查什么？"女生歪着头，继续问道。

"白小侠……"

"啊，你是谁？为什么要调查我哥哥？"

女生听到我的话，惊讶地捂住了嘴巴，而我比她更惊讶。

救命！

怎么办？

我怎么刚好碰到自己调查对象的妹妹？

她会不会恼羞成怒要打我啊？

我的脑海中全是谎言被拆穿，然后被白小侠他们几个嘲笑并惩罚的画面。

"那个……我，我……"

就在我支支吾吾、涨红了脸不知道怎么回答的时候，对面的女生上下打量了我一阵后，露出了恍然大悟的表情。

"啊，我知道了，你一定我哥哥的爱慕者对不对？"

女生的语气里带着一种忍耐不住的兴奋。

"不，不是的……"我拼命地摇着头，"我只是想调查一下他的兴趣爱好……"以便接近他，查出传说的真相。

"只有喜欢一个人，才会想要去了解他的一切啊。你喜欢我哥哥，真是太好了！"那个女生突然尖叫了一声，将手中的点心放在了桌上，然后冲上来紧紧握住了我的手，"我没想到白小侠也会有这么漂亮的女生喜欢，妈妈一定会开心得哭出来的！"

咦？这是什么情况？

眼前的女生像是看到了偶像的追星族一样，脸上充满了兴奋，连眼睛也像是盛满了闪耀的星星，闪亮得可怕。

我被她的热情吓退了好几步。

"你有什么计划？我可以帮你吗？你一定要我帮你，对了，我先自我介绍，我叫白小萌，是白小侠的妹妹，我觉得我们一定可以好好相处的！对了，你也可以叫我小萌！"这个名叫白小萌的女生一边摇晃着我的手臂，一边用软绵绵的声音说道。

我仔细看她的眼睛，她的眼中全是喜悦。她微微歪着头，一脸"拜托请让我也帮忙"的表情。

"好……好吧……"

　　既然已经被抓包了，我也想不出别的办法，这个叫白小萌的女生误会了我的动机，还愿意主动帮忙，那当然好，不过……最主要的原因大概是我没办法拒绝如此渴望的眼神吧。

　　可恶，我就是没办法抵抗可爱的东西！

　　"喀喀……我需要找个地方放置录音笔和摄像机……"我压住心中那股淡淡的罪恶感，拿出一整套的微型监控设备。

　　"针孔摄像头最好放在能看到他们的位置，录音笔越近就越清晰……"我看白小萌一脸茫然地摆弄着这些设备，只好一个个拿出来给她解释。

　　这种带坏小朋友的感觉，简直太糟糕了。

　　"我知道了！"白小萌双手一拍，拿起针孔摄像机，放在了书柜上小熊玩偶的蝴蝶结里："这个位置能看到他们所有人的样子哦，还有录音笔……就伪装成水果放在他们不爱吃的果篮里好了……"

　　"等……"

　　录音笔怎么能伪装成水果？

　　我刚想这么问，却突然闻到一股浓郁的水果香味。

　　咦？

　　哪里来的果香？

　　我刚进来的时候，有闻到这么浓烈的香味吗？

　　我疑惑地抽动着鼻子，看着白小萌将那支录音笔放在水果篮的最下方，然后又在上面盖上了别的水果。

　　"好啦，都搞定了，你要加油哦——"

　　白小萌还没等我跟她多说几句话，就冲我做了个"加油"的姿势，蹦蹦跳跳地离开了房间。

"我好像没有告诉你我的名字啊……"我看着这个奇怪的女生离开的方向，挠了挠头。

整个房间又安静了下来，空气中弥漫着好闻的水果香味，让人感到轻松。

3.

"噔噔噔——"

房间外面传来一阵杂乱的脚步声。

我看了看手表——糟了，刚才光顾着应付白小萌，忘记时间了，这个点差不多是学院"三怪"聚会的时间了。

我三步并作两步跑到窗边，按下腰间的一个按钮，套在双手和双腿上的金属镯子上长出了类似壁虎吸盘一样的东西。

我坐在窗台上，看了看还是紧闭的房门，然后倾身向下翻倒，手上和脚上的吸盘帮助我顺利地粘贴在了窗台的下面。

"吱呀——"

耳机里清晰地传出了开门的声音还有脚步声。

这是"三怪"入场了？

尽管戴着耳机，我还是忍不住竖起耳朵，屏息凝神地听着里面的动静。

一连串的脚步声和椅子拖动声之后，房间里又诡异地安静下来了。

怎么回事？

是耳机故障，还是房间里的人已经发现了我的监听设备？

我腾出一只手，疑惑地敲了敲挂在耳朵上的耳机，耳机发出"嗞嗞"的电流声表

示抗议。

耳机没问题，房间里也没有动静，如果是发现我的监听设备，也应该有声音啊。

可房间内还是一片诡异的沉默。

时间慢慢地过去，我心中的烦躁感有增无减。

到底是怎么回事？

房间里还有没有人？

哪怕是打嗝、放屁，也给我出点儿声好吗！你们再不出声，我就要爬上去啦！

我真的爬上去了！

就在我打算往上爬，一只手已经快够到窗台的时候，耳机里传来白小侠欢乐的声音。

"啊啊啊，半个小时的沉默沟通已经结束啦，真是憋死我了，为什么我们会有这样一个无聊的仪式啊？"

我已经伸出去的手，在听到白小侠说话的时候，又默默地缩了回来。

对啊，你们为什么会有这么无聊还浪费时间的仪式？

我在心中默默想着，要不是顾及时间和地点不对，我简直要破口大骂了。

"这是今天的议题吗？"一个沉稳的声音说道。

"不是……上周……上周的还没有……"另一个像是关在盒子里的声音怯生生地说道。

"嘶——不管，我发现学校外面的蒸鸡蛋糕没有咖喱口味的，可以申请调味吗？"

"小萌她……嗞嗞——不喜欢……"

"我今天……咔咔咔——"

不知道是不是我之前敲打了耳机的缘故，耳机里传出奇怪的干扰的声音，我对他

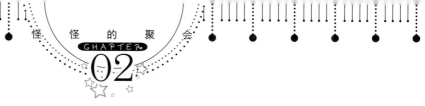
们的谈话内容听不清楚。不过，原来这才是学院"三怪"举行会议的真相吗？

你们这么正式地聚在一起，只为了讨论这些鸡毛蒜皮的事情，对得起茉莉学院的传说吗？

我好想把我听到的内容公布出去，让大家知道"学院三怪"其实是"三大八卦天王"的真相——虽然我觉得不会有人相信。

"嗞嗞——"

就在我腹诽的时候，耳机突然发出剧烈的电流声。

"啊——"我忍不住小声地叫出声来，一只手忙不迭地将套在耳朵上的耳机取了下来。

呜呜呜，耳鸣了……

晴明真是的，怎么给我找了一个有问题的装备？

我摇了摇耳机，试着重新戴上，但是一放回耳朵上，就会有超大的电流声。

怎么办？

我有些暴躁地将那个坏掉的耳机往塔楼的墙砖上磕了几下，耳机黑色的外壳上"扑哧"地冒出蓝色的小火花。

啊啊啊！

真是的，什么时候坏不好，偏偏要在这个紧要的关头出现问题！

再往上爬几步，就能听到超级大八卦，但是也会出现别的问题——比如说会被发现之类的，"学院三怪"一定不会像白小萌那样好打发吧。

"呼——"心里像是有一只猫，一下一下地挠着我的心脏。

好想爬上去听听他们在说些什么啊！

地球的安危可就在我的一念之间呢！

我不死心地甩了甩躺在手心的耳机，抱着最后一丝侥幸放在了耳边。

"嗞嗞——那我们今天就到这里吧。"

耳机发出小小的电流声，并不影响监听了，但是似乎会议也到了尾声。

我听见了白小侠的声音，他欢乐地表示会议结束。

不要啊，能不能不要这么草率地结束会议啊？拜托有点儿责任心好吗！

要不是我双手双脚以壁虎的样子贴在外墙上，我这时候一定会狠狠挠着墙壁开始咆哮了。

耳机里传来了脚步声和关门的声音，最后只剩下弱弱的电流声。

走了？

我眨了眨眼睛，耐心地等待了一会儿，确定已经走出去的人不会再回来，然后开始爬上窗台，重新进入房间。

房间正中间的桌子上，摆放着三杯还冒着热气的红茶，一个蛋糕上面铺满了彩色热带浆果，被切出来两块，茶杯边上空荡荡的碟子暗示着蛋糕一定很美味，不然就不会被人吃光了。

我吸了吸鼻子，浓郁的奶油和酸甜的水果味在我的鼻间萦绕。

挺会吃啊……

我强迫自己把视线从水果蛋糕上撤回来。

"不对，现在不是看蛋糕的时候，我得找回我的摄像机和录音笔……"我摇摇头，自言自语道。

摄像机在小熊玩偶的蝴蝶结里。

我找到小熊玩偶，然后从粉红色的蝴蝶结里取出针孔摄像机。

"然后是录音笔……"我一边念叨着，一边小心挪动着身体，找到了放在沙发边上的果篮。

都找齐啦！

因为耳机出现故障，我都没来得及听他们后面到底说了什么。

我看了看手表，离晴明来接我的时间还有5分钟，不如听听他们后面到底说了什么，反正他们也没有会议结束之后再返回的习惯。

这样想着，我转过身，将身体调整到一个舒服的姿势，坐在不管是看上去还是坐上去都超级舒服的沙发上。

我拿出录音笔，把时间调到我耳机出现问题的时候。

"那个……上周的那个实验……你们做了吗？"

"我不会让小萌的时间浪费在这种没有意义的事情上。"一个冷漠的声音说道。

"什么叫没有意义啊！阿重，你超级过分，在我们两个人面前秀甜蜜！"白小侠不满地提高了音量。

突然陷入了一阵沉默。

我疑惑地晃了晃，难道又出现问题了？

"那个……其实我有找人做试验啦……"正当我想故伎重施，把手上的录音笔朝旁边的茶几上磕去的时候，白小侠的声音传了出来。

试验？什么试验？

"我跟我们班上新来的女生对视了30秒钟，也可能超过30秒了……谁知道呢，时间的事情随意啦！总之我跟那个怪怪的女生对视之后，眼睛超级痛，一点儿书上说的被电流电过或者心跳加速的感觉都没有啊！"白小侠声音中透露出不满。

怪怪的女生？

对视？

"看着我的眼睛30秒，我会报答你的！"

"你的眼睛太大了，看久了眼睛好痛啊！"

第一次在班上见到白小侠时的画面又出现在我的脑海中。

难道他说的怪怪的女生是我？

白小侠，你这个大浑蛋！我们之间到底谁最奇怪啊！

我心中的怒火燃烧起来。

要是白小侠现在出现在我面前，我一定要狠狠揍他一顿。

"小侠，你不能用'奇怪'形容女生啦……"那个声音像关在罐头盒子里的人发出的。

"是超级奇怪啦，要是一般的女生跟我对视，不是尖叫着跑了，就是脸红得跟小萌做的油焖大虾一样，一副要晕倒的样子。这个女生不但跟我直视，而且一点儿反应也没有。"

"那个女生原本就是审美异常吧？我听说有个学校的女生得了一种看全世界男生都是大南瓜的病。"声音冷漠的人说出了跟他的声音完全不符的内容。

你才有病！你家猫猫狗狗都有审美异常的病！

我强忍着把录音笔摔到地上的冲动，恨恨地关上了录音笔。

这些人到底在做些什么啊？

一周一次的聚会时间都浪费在这种无聊的事情上，还装得这么神秘，简直是在浪费生命啊！能不能在有限的生命里做些有意义的事情啊！

我深吸一口气，掏出手机，打算联络晴明。

"啊——糟了，我忘记做会议记录了，要是不补上，下次会议主持是阿重那个强迫症大魔王，他一定会用眼神冻死我的，连小萌都拯救不了我……露娜同学，你怎么会在这里？"

突然，身后传来一个熟悉的声音。

我僵直着身体，转过头，看见白小侠站在门口，柔软的头发被风吹得稍显凌乱，黑白分明的眼睛里满是惊讶。阳光在他身上镀上一层淡淡的光晕，虽然性格古怪，但

不得不承认，他是一个让人看第一眼就无法移开视线的美少年——当然不包括我。

我看着他，扯出一个笑容："嗨，这么巧……"

我反应过来我说了什么话之后，恨不得把自己的舌头咬下来。

"那个女生很奇怪啦，看见我也不会晕倒……"

我不小心按到了开关键，白小侠的声音从录音笔里传了出来。

这是怎么回事？

我手忙脚乱地掏出录音笔，想要按掉，但是越紧张越出错，放在口袋里的针孔摄像机也掉落在地上，在墙壁上投影出白小侠的脸，犹如希腊雕像一样。

"这是目前技术最优秀、最先进的摄影设备，录像完毕以后，能不限地点播放出里面储存的画面。"

因为之前要求晴明给我找来最好的偷拍设备，晴明在介绍装备的时候，似乎这样跟我说过。

好羞耻，好想从楼上跳下去啊！

不如等一下问问晴明有没有什么时间倒流的机器，能抹去所有人的记忆？

我尴尬地看着地上已经出卖了我的摄像机，不知道该去捡来毁尸灭迹，还是当作什么都不知道，随便编一个理由。

"这是偷拍的我？"白小侠的声音再次传来。

我抬起头，白小侠并没有我想象中愤怒或者激动的神情，反而像看菜谱一样，兴味盎然地看着墙壁上投影的以他为主角的画面。

不对！其实画面上并不只有他一个。

比如说，坐在他左边的那个一边喝茶一边皱着眉头神色冷漠的人，还有坐在他右手边，在室内还穿着黑色的大袍子、脸上戴着银色面具的奇怪的人——虽然他们的画面比较小。

"我……我……"我支支吾吾着，脑海中闪过无数念头，却找不出一个合适的理由来。

"露娜同学，可以解释一下，你为什么会偷拍我吗？"白小侠一边说着，一边向我靠近。

不能告诉他我其实是在调查他们……

"我……我才没有拍你，我听说这个塔楼有灵异事件发生，想过来看看。倒是你，怎么突然出现在这里？"

白小侠步步逼近，而我在他并没有恶意的注视下慢慢后退，最后腿一软，跌坐在身后的沙发上。

白小侠眨了眨眼睛，并没有停下动作，反而弯下腰，双手撑在我身后的沙发上直视着我。

现在的距离不但能让我清楚地看到白小侠好到让女生都羡慕的皮肤，还能听到他呼吸的声音。

"扑通——"

我的心脏重重地跳了一下，不知道是因为感觉到危险还是别的什么原因。

"你……你……"我吞了吞口水，想要说些别的转移白小侠的注意力，好降低现在这种莫名的压力。

"这个姐姐是因为暗恋哥哥，所以想要调查你的！"

就在我以为自己的意志力一定会消耗在那双眼睛的注视中时，门口传来一个清脆的声音。

我扭头一看，是之前帮助过我的叫白小萌的女生。她一蹦一跳地向我们走了过来，而她的身后则站着之前在录像里看到的那个一脸冷漠的男生。

糟了！

4.

当你撒谎之后，就一定会在别的地方付出相应的代价——露宁先生。

我的脑海中不停地闪过爸爸的口头禅。

是的，没错……

我为了一时的方便，欺骗了一个信任我的女孩，所以我现在付出代价了。

我好像听到自己的心碎掉的声音。

"这里是不对外开放的，所以你能解释一下，你为什么会在这里出现吗？"站在白小萌身后的男生皱着眉头，浑身散发出强烈的冷气。

即便被白小侠禁锢，但是因为那个男生散发出来的气势，我还是忍不住瑟缩地搓了搓手臂——那个男生那么恐怖，白小萌为什么一副毫无知觉的样子？

"杜重，你不可以吓坏这个姐姐。我这个奇怪的哥哥好不容易受到别人的欣赏，你就不能恭喜一下吗？"

啊，原来这个人就是"三怪"之一的独狼杜重！

果然就像之前调查的一样，是个活动冷气制造机。

白小萌咬了咬嘴唇，轻轻地晃了晃杜重的胳膊。杜重顺势摸上了她的头发，冰冷的表情瞬间柔和下来。

不对，现在才不是管这些事情的时候。

"那个……我……我不是……白小侠同学的暗恋者……"我怯怯地申辩道。

"你不是？"

白小侠好看的脸继续凑近我，黑白分明的眼睛一眨不眨地看着我，因为靠得太

近，我忍不住憋住气，不敢呼吸。

没错啦！说暗恋你只是我的一个借口好不好！

但是这句话我没有办法理直气壮地说出口。

"小萌，她说她没有暗恋我啊……"

就在我以为自己要窒息的时候，白小侠突然站了起来，朝白小萌眨了眨眼睛，耸着肩膀，一脸无辜。

不过……你口气中那种淡淡的遗憾是怎么回事？

"哥哥，你不懂女孩子的心意啦。女孩子是口不对心的，明明喜欢，但是不会说喜欢，反而会为自己辩护说不喜欢之类的。要是你当真了，那才是对女孩子的失礼啊！"白小萌一脸严肃，用解说习题的语气说道。

"才……才没有……"

为了防止白小萌越说越离谱，我急忙插嘴。

白小萌一脸"你看，果然如此"的表情，冲白小侠使了个眼色。

白小侠和站在白小萌身后的杜重同时若有所思地摸着下巴，点了点头。

你们到底在想些什么，快点儿说出来！

"那个……我其实……刚来茉莉学院不久，跟白小侠同学虽然是同桌，但是……我们根本不了解……"

我觉得自己的脸要燃烧起来了，恨不得抓住他们的脖子，拼命晃动，然后大喊：信我啊，你们信我！我绝对不是那种口是心非的人！

"啊，原来你对我哥哥是一见钟情。在还没有领略到我哥哥的怪异时，就已经喜欢上哥哥了？"白小萌一脸惊诧。

"不……小侠说他跟他们班新来的女生对视了30多秒，那个女生应该就是她了。"一直站在白小萌身后不说话的杜重，这时候插嘴道。

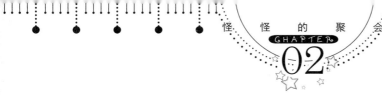

扑哧——

我感觉胸口上被插上了一刀，一口血已经到了喉咙。

呜呜呜，杜重，请你一直保持闭嘴的状态好吗！

"难道你在开学第一天就已经关注我了吗？难怪要拜托老师成为我的同桌呢！"白小侠一脸恍然大悟，"对不起，我一直没注意到……"

"不……真的不是这样……"

我心中仿佛有个小人跪倒在地，脸上布满了泪水。

"上课也不好好听讲，一直都在看着我，虽然我有点儿不好意思，但是因为你老是注意我的玩具，所以在题材上我都不敢重复，也有点儿小遗憾呢，哈哈哈……"白小侠摸着头爽朗地笑道。

我都说了不是这样！

"那天跟着我去废弃大楼，看见我闪电浴的时候，怕我有危险，奋不顾身来救我……"

那只是巧合，会去救你，只是为了发扬人道主义精神而已，千万不要太在意！

"露娜学姐，你对我哥哥的感情已经深厚到这种地步了吗？"白小萌挤开了白小侠，一把抓住我的手，眼中开始闪烁着泪光。

"不……"

就说了不是这样……

"恭喜。"杜重对白小侠说道。

"嘿嘿……"

白小侠摸了摸头，像是有些害羞地笑了。

等等！

白小侠，你为什么会害羞？你害羞个什么劲儿啊？

非凡华丽家族之
永恒精灵

为什么我觉得你已经接受了这个现实？我们才认识多久，拜托你也否认一下好吗！

虽然今天天气晴朗，但是我有种全世界都乌云密布的感觉。

呜呜呜，晴明，你快点儿开直升机来救我……我撑不下去了……

怪怪的暗恋
CHAPTER

03

1.

最终的调查以失败告终，被逼着承认喜欢白小侠这件事，被我当成最深的机密，封存在了记忆深处。

呜呜呜，真是够了！

要不是我百试百灵的第六感告诉我，我需要寻找的真相关键就在白小侠身上，我一定会离他几百米远。

我深深地叹了口气，看了一眼已经开始讲课的老师，拿出了笔记本。

"下面我们要讲的是下次考试的重点……"

老师在讲台上讲着课，我翻开笔记本，开始跟着老师的思路做笔记。

"噗——"

耳边又传来一阵奇怪的声音。

冷静，露娜，你要认真听老师上课，不能被一些小事情夺走注意力啊。

我捏紧了笔，强迫自己把精神集中在面前的课本上。

"这堂课的重点是在第78页的第五小节，一定要用红色的笔画上……"

我拿出红色的记号笔，在书上画了一笔。

"哗啦——"

就在我已经极力控制自己的眼神不往旁边移动的时候，坐在我旁边的人不知道在弄些什么小把戏，发出细小的响声。

不行不行，老师现在讲的可是重点啊，要是走神就不好了。

我拍了拍脸，又将注意力集中在课本上。

"嘶嘶——"

但是不管我怎么集中注意力，身边的人像是故意的一样，总是打断我的思绪。

白小侠！

红色的记号笔一时画歪，红红的线条一直从书上延伸到课桌上。

我愤怒地转过头，却看见不知道什么时候，白小侠的桌上已经堆出了一座小小的金字塔。

一个个古埃及装扮的小人，用最原始的运输方式运送着巨大的石板。

大群的小人在前面拉着石板，有的则从后面将原木放在木板的下方，好让巨大的石板不停地前进，旁边有拿着鞭子的监工，在监视着奴隶们。

今天是在玩修建金字塔的游戏吗？

等等，金字塔不是昨天地理课上的内容吗？昨天学过的内容，你为什么要放在物理课上来玩？

白小侠，你能不能好好上课啊！

"喀喀——"我轻轻地咳嗽一声，希望他听到后收敛一点儿。

白小侠看都没看我一眼，随即将一个背着篓子的小人推倒在地上。

咦，怎么回事？

白小侠又将站在不远处，监工打扮的人，移动了过来。

这是——

喂！你要不要玩得这么逼真啊？

背着篓子的古埃及人一定是个年老体弱的人，因为受不了剧烈运动，再加上天气炎热，一时撑不住摔倒在地上。这时，凶狠的监工出现，挥舞着鞭子，眼看就要挥下去。

不要啊！

我的心提到了嗓子眼。

就在这个时候，又有好几个奴隶打扮的人围了上去，他们有的围住了监工，有的人则搀扶起那个摔倒的老人继续往前走。

啊，没有被打，真是太好了，大家都是好人啊……

这个小插曲并没有打乱运输的节奏，这么一会儿工夫，运送石板的队伍已经到了金字塔脚下。

金字塔这么高，这块巨石要怎么运输上去呢？

一想到那些小小的人要运输这么大的石块，我不禁在心中捏了一把冷汗。

就在这时，从金字塔下方的一扇小门里出来了一个圆形的东西，那个小东西晃动了一下，居然慢慢地飞了起来。

这是飞碟？

为什么古代埃及会有飞碟啊？还有，你这个飞碟的形状好眼熟啊，怎么那么像一个蛋壳？

刚才还在夸你还原历史，怎么这一下连飞碟都出现了？

飞碟晃晃悠悠地来到了那块巨大的石板上方，石板随着飞碟的升高，也慢慢地克服了地心引力升上空中，然后稳稳地架在了没有修好的金字塔上。

像是嫌古埃及人的速度太慢，蛋壳飞碟召唤出一大批的飞碟，运来了更多的石块，只是一会儿工夫，金字塔就建造完毕了。

喂，是不是哪里弄错了啊？

既然嫌人慢，你们一开始就自己运石块不就好了，不比人力有效率多了？你快点儿向刚才摔倒了的老人道歉啊！

我的肺都要气炸了，恨不得冲过去把那群任性的外星人暴打一顿。

一切的始作俑者白小侠在指挥着飞碟，在金字塔顶放下最后一块三角体的石头以后，像是完成了一项高难度任务一样，轻轻地舒了一口气，脸上露出笑容。

"道歉！你这个魔鬼，你快向古埃及劳动人民道歉啊！"牢记着课堂纪律的我，用眼神传递着我的不满。

"啊——"像是已经接收到了我的眼神，白小侠有些讶异地看了我一眼，然后像是突然想到了什么，对我露出一个笑容。

像是刻意摆拍或是精心测量过角度，白小侠露出八颗牙齿，眼睛眯成一条缝，白皙的脸上浮现出两抹可疑的红晕，头顶上一撮高高翘起的头发因为他的动作而左右摇晃着。

笑个头啊！有什么好笑的！

我忍不住冲他翻了个白眼。

笑过之后，白小侠不知道想起了什么，从课桌里拿出了一个笔记本，在上面写着什么。

哼，终于知道上课记笔记了吗？

等等，笔记……

啊啊啊，我居然又看白小侠做这些无聊的事情，浪费上课的时间！

我抬起头，老师已经讲完一道题目，拿起黑板擦，刚好从我还没来得及做笔记的部分擦了下去。

不要啊——

我心中绝望地呐喊着，但是老师并没有听到我内心的呼唤，毫不留情地将黑板擦掉一大半。

白小侠！

我愤怒地看向他——你自己上课不认真也就算了，还影响我不能好好上课！

虽然他没有抬头，但是脸开始红了起来。

很好，已经感受到了我的怒火吗？你就抱着这种内疚的心情好好反省吧！

哼！

　　我收拾好情绪，再次开始抄起了笔记。

　　这一道题目的类型跟前面那道好像有点儿相似，不如下课后再问小雅借笔记好了。

　　"啪——"

　　一小块橡皮打在我的胳膊上，然后又弹开了。

　　我一手挥开那块橡皮，抬头看黑板。

　　"啪——"

　　又一块橡皮弹了过来，这次的目标不是我的胳膊，而是正中我的笔记本。

　　白小侠，你到底要怎样！

　　我愤怒地拿起那一小块橡皮，打算狠狠地塞进他的嘴里，但是转过头看向他的一瞬间，所有的话都被堵住了。

　　只是在我低下头做笔记的超短的时间里，白小侠已经"指挥"着他的古埃及建筑队，搭建出一个极为现代化的像发射塔一样的东西，底座用不知道从哪里弄来的大理石固定住，往上则是用橡皮泥还有竹签之类的东西做成了圆柱状的塔身，最顶上架着一把小小的银色勺子，一个古埃及小人扛着比自己不知道大了多少倍的折叠好的纸方块，放进了小勺子里。

　　你到底想怎样！

　　我狠狠地瞪了一眼白小侠，用眼神表达我心中的愤怒。

　　"啪——"

　　古埃及小人被放在了一个类似发射键的红色按钮上，不知道触动了哪个机关，银色的小勺突然弹了起来，放在上面的纸块被弹射到我的笔记本上。

　　白小侠冲着我眨了眨眼睛，然后用手指了指躺在我笔记本上的纸块，做了一个让我打开看的动作。

　　有话就不能直接说吗？明明是同桌，说话还要用道具传递字条，你是小学生吗？

在白小侠的眼神示意下，我不情愿地打开了字条——

露娜同学，虽然知道你暗恋我，但是你这样毫无保留的热情还是让我分心，在我没喜欢上你之前，请收敛你爱的视线好吗？

白小侠

爱的视线？

谁暗恋你啊！谁对你热情啊！

要不是现在还在上课，我简直要掀翻课桌表示我心中的愤怒了。

明明是你上课做些乱七八糟的小动作影响我，谁要理你啊！你可不可以不要这么烦啊！

我泄愤一样将那张字条想象成是白小侠的脸，然后撕了个粉碎。

如果不是资料上显示你跟"永恒精灵"有着千丝万缕的联系，谁要接近你这个家伙啊！

我心中燃起了怒火。

"呼——"

我用力呼吸，试图平息心中的怒意。

冷静，露娜，你要冷静下来，愤怒不能解决任何问题。

我一边大口呼吸着，一边让自己的情绪稳定下来。

"露娜，你生病了吗？"前座的萝萝突然转过头，小声问我。

"没有啊。"我眨了眨眼睛，不知道她在说什么。

"啊……我看你呼吸急促，以为你……没事啦……"萝萝冲我露出笑容，然后转身继续听课。

啊，可能是我的深呼吸影响到她了，真是对不起啊……

我略带歉意地看着萝萝的背影。

被萝萝这样一打扰，我发现自己的情绪居然已经稳定下来了。

我随手将桌面的碎纸屑扫进了垃圾篓。

在视线重新放回笔记本的时候，一张漏掉的碎纸上写着"暗恋"两个字。

我拿起那张碎纸片，心中闪过一个念头。

暗恋吗？

等等，白小侠这个行为诡异的人，一定知道一些事情。既然这样，我为什么不干脆顺着他们的误会，假装喜欢上他，然后实行贴身跟踪——毕竟接近自己喜欢的人，是所有人都不会怀疑的事情吧。

虽然道理是这样的，但是为什么还是掩盖不住心里的悲哀呢？

我露娜已经堕落到连自己的灵魂与肉体都要出卖的地步了吗？

不过，如果是为了得到真相……

呵呵，白小侠，你就等着接受我这个"暗恋者"的贴身调查吧！

2.

代号计划——幻影行动A。

我拿着笔记本，蹲在白小侠每天一定会来晒太阳的天台上。

我拉着晴明恶补了无数少女漫画后，总结了几个经典的邂逅方式，不信白小侠不拜倒在我的校服裙下。

"晴明，我现在怎么样？"我拍了拍脸，问站在我身后的晴明。

为了今天这次让人一见倾心的相遇，我还特意翻出了妈妈一年前送给我的一次都没有用过的化妆品，发挥了高超的艺术天赋，化了一个妆。

"很好。"晴明站在我身后，微微低着头，像个忍者一样，将身体融入了阴影中。

"衣服呢？"我扯了扯昨天刚洗过的校服，为了增加自身的魅力，还喷了大半瓶姑妈去年送给我的香水。

"很好。"晴明开口道。

"你每次不能多说点儿吗？或者提点儿意见都好啊……"清明的回答让我忍不住皱眉抱怨。

晴明张了张嘴，刚想说话，这时候一个身影出现在了天台上。

"来啦！"我回过头，对晴明做了个"消音"的手势。

漫画书上说，校园的天台是情侣相遇的最佳地点。阳光，微风，还有不经意间扬起头发微笑的美少女，都是吸引眼球的，而漫画书上这样偶遇的人，一般在结局的时候一定会变成情侣。

虽然我不需要跟白小侠变成情侣，但当务之急是提高白小侠对我的好感度。

"呼——"我做了个深呼吸，对晴明点点头，然后走出了藏身的地方。

白小侠背对着我，双手撑在栏杆上，头微微仰起，不知道是在感受微风还是阳光，一头柔软的黑发在阳光的照耀下，反射出像高级丝缎一样的色泽，微微露出的一小截脖子，在黑色头发的衬托下，显得十分白皙。

我微微眯起眼睛，有种眼前的人随时会长出一双金色翅膀的感觉。

哼，白小侠才不是天使呢！

随即，我狠狠地唾弃了自己那一瞬间的想法。

露娜，现在轮到你出场了！

"喀喀——"我刻意发出一点儿声音，成功地让白小侠回过头注意到我。

白小侠回头看着我，眼睛突然一下子瞪大了，张开的嘴再也合不上。

哼，怎么样？

被本小姐的美貌迷住了吧？

我勾起嘴角，回想着之前在电视台看到的模特的步伐，一扭一扭地走到了白小侠的身边，轻轻地撩了一下喷了好多香水的头发，学着白小侠之前的姿势，双手撑在阳台的栏杆上，享受着微风，沐浴着阳光。

虽然没有刻意去看，但是我知道，白小侠的视线一直都在我的身上没有移开。

呵呵——

我在心中冷笑。

"露娜？"白小侠不确定地喊道。

我微微侧过头，又撩了一下头发，然后对他微微一笑。

"你……啊——"白小侠张大嘴巴，像是惊叹于我的美貌却又无法用语言来形容一样"啊"个不停。

"白小侠，原来你也喜欢在天台上晒太阳啊。这么巧，我也是！"

漫画书上说，巧合加上不经意间的默契才是促进感情的催化剂。

白小侠的嘴巴越张越大，大到我都可以看清他牙齿的健康程度了，不过这样毫不掩饰自己的惊讶而把嘴巴张得这么大，也是一件令人讨厌的事情啊。

我皱了皱眉头，不知道要不要把这件事情告诉他。

"阿嚏——"

白小侠一个巨大的喷嚏打过来，吹动了我因为喷了很多发胶连微风都没能吹起的头发。

我心中的警报器发出了严重的警报。

白小侠！

我握紧了拳头，恨不得在这个时候给他来一个过肩摔。

"阿嚏——"白小侠揉了揉鼻子，眼泪汪汪地看着我，"露娜，你怎么了？身上怎么有一股怪味？是不是生病了？生病了就要去医院，不要再来吹风啦……你看，你

已经脸色苍白、双颊通红、嘴唇也发紫了……啊，你的眼睛开始流黑水了，你不要动，我马上去叫医生啊——"白小侠说完，一溜烟地跑了。

什么怪味？这可是最高级的香水好吗！还有，你看不出我化了妆吗？这叫化妆术啊，白痴！

"他跑了啊……"晴明从阴影中站出来，有些失望地说道。

"哼，我是不会让他得意太久的，迟早有一天，我会让他哭着抱着我的大腿求我原谅的！"我一边说着，一边愤怒地拿出笔记本，在第一项作战计划上画上了一个大大的叉。

代号计划——幻影行动B。

少女漫画上说，有一种患有感情缺失症的人群，是没办法感受到那些所谓的浪漫情怀的。对于这种人，不应该把时间浪费在无休止的相遇与巧合上，而是应该直接击中对方的胃。

没错，吸取了上次的教训以后，我改变了策略，从一本叫《天才少女小厨师》的漫画中重新找到了新的方向——先用我高超的厨艺征服白小侠的胃吧！

午休铃声响起的时候，白小侠迷迷糊糊地站了起来。在睡了整整两节课以后，他的脸上还留着衣褶的痕迹，他拎着自己的便当盒晃晃悠悠地走向门口。

我双眼一亮，朝他撞了过去。

因为三年级课程不同而提前下课的晴明埋伏在门口，在收到我的信号之后，对准了白小侠手中的便当盒撞了过去。

人来人往的教室门口，因为没有带午饭的同学要赶去餐厅抢周四大厨的招牌菜，蜂拥而出，地上的便当盒也被人群踢出了好远，便当盒里的三明治也掉在了地上。

青翠的蔬菜、鲜红的小番茄和金色的鸡块在地上散发出阵阵香味，几块看上去极为松软可口的面包无辜地散落在便当盒边上，几根刻成小章鱼形状的香肠也可怜兮兮

地看着我——午饭虽然很简单，但是看上去超级好吃呢。

我忍不住有点儿惋惜。

不对！一点儿也不惋惜，没有牺牲，怎么能让白小侠吃到我精心准备的午餐呢？不吃我的午餐，就没有办法升华我们之间本来就岌岌可危的同学感情了啊！

白小侠呆滞地站在门口，看着便当盒的方向，背影看上去像是一只耷拉着耳朵的大型犬，一种落寞而哀伤的气息在他周围环绕着。

"我最爱的炸鸡三明治……"我听见白小侠这样说。

"我洗了三天的碗，才让小萌答应用正常的方式给我做炸鸡块，而不是用面糊做调味的炸鸡块……"

什么是面糊做的炸鸡块？

虽然不是很明白，但是我知道，我的机会来了！

"啊！对不起，白小侠同学，我真的不是故意要撞你的！"眼看功成身退的晴明消失在人群中，我开始发挥演技，用一种"恨不得过去把三明治捡起来，然后再塞进他嘴里"的语气说道。

"鸡块裹上鸡蛋、面包屑，然后在澄清的油里经过300度高温炸过，捞出来低温复炸，最后高温逼出面包屑里的油脂，我香脆可口的炸鸡块啊……"白小侠像是没有听到我说话一样，还在低声唠叨着。

居然无视我说话！

我深吸一口气，走到了他的面前。

"对不起，白小侠同学，我撞飞了你的三明治！"我又一次大声说道。

"啊，你撞翻了我的三明治……"像是刚反应过来，白小侠抬起头看着我，黑白分明的双眼中好像还含着水汽。

好可怜的样子……

"那个……为了赔偿你，我把我亲手做的午餐送给你作为赔偿吧！"我回忆起漫画里女主角的动作，微微低下头，注视着白小侠脚下的地面，一只手放在背后，另一只手送出便当盒——虽然漫画里的少女一定是脸红外加心脏乱跳，但是我练习了一个晚上都没办法做出这种反应，还是省略算了。

"午餐……是炸鸡块吗？"白小侠像是来了精神一样，双眼发亮。

"不……不是……"我有些尴尬地摇摇头。

"不是啊……"白小侠的肩膀瞬间耷拉下来。

"那是酱汁牛排吗？"白小侠又问。

"不是……"

真是烦死啦！

就不能接过去说谢谢吗？有吃就行，你干吗还挑剔？要知道连我爸爸妈妈都没吃过我亲手做的饭呢！

"这样啊……"白小侠微微皱起眉头，"可是我今天只想吃肉啊。阿重最近喜欢吃蔬菜，小萌就做了十几天的蔬菜，我现在晚上做梦都梦到身后有彩椒怪人追着我跑呢……"

"所以呢？"我不明白他到底想说什么。

"如果是肉，我就接受你的补偿；如果是蔬菜，就算了吧！"白小侠一脸纠结地说道。

"怎么可以！"我忍不住脱口而出。

我手上的便当盒里装的是我浪费了无数食材，绞尽脑汁后才制作出来，得到了晴明认可的超级无敌美味的酸黄瓜土豆泥饭团。

用牛奶浇灌长大的小黄瓜加上用雪水浸泡过的土豆，配上世界上最好的大米捏出来的饭团，我还特意做成了粉红色的心形！

为了显示我的诚意，我打开便当盒，捏了一个饭团，趁着白小侠说话的时候，一把塞了进去。

快点儿露出超级感动、吃完人生都得到了升华、马上就可以看见天使的表情吧，然后臣服在我高超的厨艺之下。

白小侠的脸渐渐转红，然后又变白了，眼中蓄满了感动的泪水。

（作者：还记得上一部《非凡华丽家族之独宠天使》里，白小侠在会议记录本上的感叹吗？"酸黄瓜土豆泥，地狱的味道……"）

因为饭团比较大，他抓住喉咙，想要用力咀嚼。

"不要急，我这里还有……"看着他感动的表情，我忍不住微笑着，又从便当盒里拿出一个饭团放在他面前。

清爽的黄瓜加上米饭的香味……

啊，怎么会有这么棒的组合，我露娜简直是厨神转世。

"呕——"

还没等我抒发一下心中的感想，耳边传来一阵呕吐声。

"啊，不好啦，白小侠同学食物中毒晕过去啦！"

不知是谁发出一声尖叫，我抬头看过去，白小侠抓着脖子，口里吐着白沫，脸色铁青地倒在地上，地上被吐出来的饭团冒着可疑的青烟。

"露娜同学，原来你讨厌白小侠同学讨厌到要下毒的地步了吗？"身边有人问我。

不，不是这样的……你们听我说……

看着被人抬去医务室的白小侠，我再次受到了伤害。

3.

幻影行动B，失败。

紧接着幻影计划C——

失败！

幻影计划D——

还是失败！

……

随着记事本上的计划一个个被画上了鲜红的叉，所有人都以为我厌恶白小侠到了极点。

因为不管我怎么讨好白小侠，似乎总是以失败告终。

虽然白小侠的亲妹妹——可爱的白小萌同学不厌其烦地告诉大家："其实露娜同学是真的喜欢哥哥呀。"但是，围绕着我跟白小侠的"仇恨史"，大家似乎能想象出一个"虐恋情深"的故事。

不，真的不是你们想的那样。

我忍不住要跪在地上痛哭流涕了。

不过，我才不会因此收手呢！

既然套近乎这一招没有用，那我还是实行最古老的跟踪法好了——反正全校的人都已经知道我"暗恋"白小侠了。

用暗恋者的身份，光明正大地跟着调查对象走在一起的感觉，简直太棒了！

放学后，我拒绝坐上私家车，告别晴明后，紧紧地跟在了白小侠的身后。

像前几天一样，他走出学校，穿过大街，钻进一条满是垃圾的小巷子里。转了一圈之后，他又回到学校右边的小吃街，买了一个牛肉包，吃完了面皮之后，将里面的肉馅喂了一只黑色的流浪猫，接着穿过一家塞满了布偶娃娃的店，到了另外一条街……

咦？人呢？

在一起经过那家小店，重新站到街道上的时候，我一直跟踪的身影却消失不见

了。

居然又跟丢了？

我不甘心地四下张望，突然肩膀被人拍了一下。

"露娜同学，我可以理解你在学校一直盯着我看，但是放学的时间能不能不要跟着我？"白小侠站在我身后，一脸烦恼地说道。

"我没有跟着你啊。"我眨了眨眼睛，尽量让自己看起来无辜一点儿，"我在熟悉茉莉市的环境啊，我毕竟要在这个城市生活，不好好了解一下，怎么能行呀……"

"可是你昨天、前天、大前天都是这么说的！"

"啊，这样啊……可能……是我的方向感不太好。"我微笑着狡辩道，"不过连续这么多天都能遇到白小侠同学，我们还真是有缘呢。既然碰巧遇到了，就一起走吧？"

"你到底要怎么样才能放过我啊……"

白小侠挠了挠头，柔软的头发在他的"摧残"下又变成了一个鸟窝，平时都是闪闪发亮的眼睛，这下显得有点儿无精打采；长长的睫毛微微下垂着，盖住了一半的眼睛，洁白的牙齿轻轻咬着嘴唇，偶尔还能看见探出来的小虎牙；他的肩膀微微耷拉了下来，一副有气无力的样子，让人忍不住想像揉一只大金毛犬一样去揉他的头发。

"噗——"看着他这个样子，我忍不住笑了起来，"很简单啊，你让我跟着你就好了，就当是暗恋对象对你的调查，等我从你身上得到了我想要的答案时——那个时候就算你求着我跟踪你，我也不会再看你一眼了！"

"那你什么时候才有答案？"白小侠撇撇嘴问道。

"这个嘛……主要看你。"

"那不行！"白小侠斩钉截铁地拒绝道，"万一你很长时间都没找到答案呢？"

"那也没办法，半途而废不是我的习惯。"我模仿着白小侠的口气说道。

"你——"

白小侠气呼呼地转身就想走。

"白小侠，你还记得你说过会满足我一个条件吗？"我眯了眯眼睛，看见白小侠已经迈出的一条腿又迟疑地收了回来。

"你想要怎么样啊？"白小侠无奈地问道。

"很简单啊，让我跟着你，你也不准躲我，就这个条件！"我眯着眼睛，带点儿恶作剧的心情说道。

"可是我现在要回家啊……"白小侠苦着脸说道，"我回家你也要跟着？"

"那当然，家庭可是了解一个人的最好渠道啊，我是一个有原则的暗恋者！"我说着，心里有些期待——浑身是谜团的白小侠，在家里那种轻松的环境下，能不能将他的秘密暴露出来一点儿呢？

"那……"

"现在插播一条紧急新闻，白枫路的枫糖小区发生不明原因的特大火灾，由于事情重大，交通进行了管制，请居民们绕开该路段，给增援的医疗和消防车让出通道……"

白小侠的话还没有说完，街道对面一块大大的电子显示屏上播放了一条关于火灾的重大新闻。

画面中，熊熊大火包围了几栋高高的大楼，天空布满黑色的浓烟。大楼外，十几辆消防车对着大楼发射着水炮，但是因为火势太大，水刚接触到墙体，就被烧干，而滚烫的墙体受到冷水的刺激，发出闷闷的开裂声。

而这时候，15楼的一扇窗户被打开，一个小女孩坐在窗檐上，脸被浓烟熏得漆黑，头发也被火舔得干枯，她害怕得大哭起来。

消防车进行了紧急救援，但是消防云梯只能到达12层的高度，而且火势太大，云梯根本没有办法靠近大楼。

看到这个画面，我的心脏扑通直跳。

枫糖小区？

那不是去学校必经的一个路段吗？

我抬头看了看枫糖小区的方向，那边的天空黑烟缭绕，天空被红黑两色衬托得格外不祥。

"白小侠，我们……"

我刚想跟白小侠说"我们还是绕道走吧"，但是一转身，身边都是驻足观看新闻的路人，哪里有白小侠的影子啊！

"真是的，火灾又不会延伸到这里，看个新闻而已，也不至于吓得逃走啊……"我忍不住一边抱怨一边往公交车站走去。

还想着今天能近距离跟踪白小侠呢，这个火灾真是来得太……

嗯？火灾？

我的脑海中突然浮现出之前搜集到的无数关于永恒精灵的照片，无一不是拍摄于重大灾难现场。

这次永恒精灵会出现吗？

一想到这里，我之前有些低落的情绪又高涨起来。

"晴明，枫糖小区发生了火灾，我觉得永恒精灵有很大的概率会出现，我现在想要过去。"

我拿出手机，拨打了晴明的电话。

"明白，5分钟后见。"晴明在手机那头回答道。

跟他确定好了见面地点，我看了看手表，还不到5分钟，晴明就戴着黑色的头盔，身穿黑色的骑士服，骑着摩托车，像蝙蝠侠一样出现在我的面前。

戴上晴明递给我的红色头盔，我跨上车后座，改良后的低噪音超快速的摩托车飞快地朝枫糖小区前进。

4.

　　果然不出我所料，离枫糖小区300米的地方被拉上了警戒线，并且有警察看守着，驱逐着围观的人。

　　即使隔得这么远，我还是能感受到迎面而来的热浪。

　　"晴明，我们开始准备吧！"

　　我对晴明点点头。

　　不愧是我的好搭档，我的话音刚落，晴明已经从挂在车后面的袋子里拿出了高清摄像机的支架，找到一个最佳视角开始架设起来。

　　我拿起一个特制的高清望远镜，开始观察起枫糖小区起火的几栋楼房的情况。

　　透过高清望远镜的镜头，我能清楚地看见火苗从墙壁的裂缝里钻出来，又被喷出的水扑灭，但是喷出的水又被更大的火焰蒸发干，还有即使脸被烤得起了水泡还坚持在最前方用水枪灭火的消防人员。

　　楼房周围是一大片树林，而树林里也有楼房——要是还不能控制火势，火焰一定会蔓延到别的地方。

　　像是印证我的担忧一样，一阵大风吹过，火势更加猛烈，不少的火苗被吹到了那片树林里，树木开始燃烧起来。

　　周围的人群虽然看不到里面的情形，但是看到突如其来的大风，也忍不住焦躁起来。

　　身边一个穿着白色衣服的老爷爷干脆跪坐在地上，双手捂着胸口，祈祷起来。

　　不知道是不是受了他的影响，原本叽叽喳喳的人群渐渐变得安静下来，并且用自己的方式祈祷着。

我的视线转移到了15楼，那个小女孩依然坐在窗口，金属窗台被大火烤得滚烫，小女孩一边哭着，一边用一条毛巾拍打着窗帘的火焰。

可能是因为太烫的缘故，小女孩扭动着身体，但是她身下的窗檐因为火焰还有重力的原因，已经开始摇摇欲坠了。

"危险！不要再动了！"

我抓紧了手上的望远镜，忍不住大声喊了起来，但是上面的人无法听到我的喊声。

小女孩绝望地哭喊着，浓烟让她咳得喘不过气来。

就在这时，一道金色的幻影从窗台上一闪而过。

我的心一颤，连呼吸都不敢用力了。

再看过去，窗台上已经没有了小女孩的身影，摇摇欲坠的金属窗台完成了它最后的使命，脱离了大楼，向下坠落。

金色的幻影再一次闪过，而这一次，被熏得满脸漆黑的小女孩出现在了现场准备好的急救床上。

大家面对突然出现的小女孩，显得有些惊愕，但是随即就将她抬进了救护车。

一个还来不及撤走一直在帮忙的居民，激动地拉着他身边一个灰头土脸的人说着什么，从他的口型，我分明看到了"永恒精灵"四个字。

没错，就是永恒精灵！

我没想到自己居然能亲眼看到永恒精灵。

"晴明，你看到了吗？真的有永恒精灵！"我一边用望远镜看着，一边颤抖着手抓住了晴明的衣袖，"不敢相信，我居然亲眼看到了永恒精灵！"

我的心脏扑通狂跳，比之前揭开任何神秘事件真相的时候都要跳得厉害。

放下望远镜，我查看高清摄像机拍摄的画面，在低头的一瞬间，闪过一个跟刚才在望远镜里看到的一模一样的金色影子。

那道幻影一闪而过，往茉莉学校的方向飞了过去。

我马上就要知道永恒精灵的真相了！

来不及说话，我飞快地朝着永恒精灵离开的方向快速跑了过去。

像是知道我在追它，永恒精灵的速度好像又快了。

"永恒精灵，请你停下好不好？"

我气喘吁吁地跑着，只觉得自己的肺都快要炸开了，但始终只能看到那一团金色的影子在离我很远的地方。

"我不是要伤害你，我只想采访你，能让我看看你的真面目吗？我保证不会公开的！"

我用了最大的力气朝那个影子大喊。

金色的影子离我越来越远，我跑得也越来越吃力，但是尽管这样，我还是迈着沉重的脚步跟在那团影子后面。

直到金色的影子消失得无影无踪，我还是依靠着意志力，朝那个方向前进，直到手臂被人拉住。

我回头一看，是晴明。

他对我摇摇头，担忧地说道："露娜，不要再追了，连影子都已经消失了，我们是没办法找到的。既然现在已经确定了永恒精灵真的存在，我们只要不放弃寻找就好了。"

对，原来永恒精灵是真的存在的！

晴明的话一下子就点醒了我。

我看着永恒精灵消失的方向，已经很疲劳了，但是斗志像浇了汽油的火焰一样，熊熊燃烧着。

从前，我调查过的传说都是通过人们的美化与臆测而加工出来的故事，传说本身有时候会让人觉得失望到极点，但是这个永恒精灵跟那些传说不一样——不，这个才

不是传说……

　　"我，露娜，赌上'传说猎人'的尊严，一定要调查出永恒精灵的真相！"

　　我低着头，握紧了拳头，不知道是在向晴明还是在向自己保证。

怪怪的事件
GHAPTER
04

非凡华丽家族之
永恒精灵

1.

自从亲眼见过永恒精灵以后，我满脑子都是那道金色的幻影。

尽管事情已经过去了好几天，但我还是无法抑制自己的心情，就连看电视的时候，只要看见有关永恒精灵的节目，都会拜托晴明帮我录下来，然后反复地看。

就好比今天，我躺在沙发上，无聊地按着手中的遥控器，从一个频道换到另一个频道。

周末本来是家庭聚会日，但是因为爸爸妈妈的工作太忙，已经放了我很多次鸽子。本来还以为这周至少能跟他们说说话，但是爸爸忙着做直播，妈妈则是听说巴西的热带雨林里发现了新物种，急着过去拍照，出发之前连电话都没来得及打一个，只能拜托助理姐姐给我发了条报平安的短信。

真是不负责任的父母啊，要是换成别人家的孩子，现在说不定已经变成不良少女了吧……

我一边想着，一边翻了个身，从面前的茶几上拿起一颗草莓塞进了口中。

"露娜，你要的资料我已经给你准备好了。"

客厅的大门被打开，晴明拿着一沓资料走了进来。

"这么快？"

我有些惊讶，坐直了身体，让出一个位置。

晴明将资料放在我旁边，然后坐在了沙发的另一侧："很多资料都是之前已经搜

集过的，现在你看到的是前几天大火事件的调查。"

"哦——"

我一边点头，一边看着晴明整理的资料。

果然不出我所料，当时有不少在现场的人都见到了永恒精灵的幻影，并且把经历写成文字放在了网上。而在各种关于永恒精灵的帖子里，人气最旺的是当时离永恒精灵最近的一个参与现场急救的医生的发言。

"……当时我只感觉到一阵风吹过，那个在15楼的小姑娘就突然出现在了我们面前，整个过程还不到两秒钟。接下来，小姑娘坐着的窗台因为外墙开裂掉了下来。简直不可思议，这让我相信了奇迹是真的存在的！"

因为医生的发言，不少受到过永恒精灵帮助的人也站出来说话，也有不少人帮忙搜集了关于永恒精灵的资料，还有各种永恒精灵参与的事件的新闻链接，关于永恒精灵的传说也因为这次的火灾事件闹得沸沸扬扬。

"……枫糖小区的起火原因正在调查当中，但值得庆幸的是，虽然枫糖小区遭受了大火，但因为救援及时，无一人伤亡，而这其中起到关键性作用的是一位无名英雄……"

电视上又在播放上次火灾的视频，不管是什么时候看，熊熊的火焰都让人胆战心惊。

突然，火焰中一个金色的光点一闪而过，金色的光芒和周围红色的火焰相似，一个一秒钟左右的画面，快得让人以为那只是火焰。

"晴明，你看到了吗？"我按下遥控器的返回键，然后将画面停在了那个火焰中的金色光点上，兴奋地指着屏幕，"这就是永恒精灵的影子啊！"

"可惜画面太模糊，无法用高清还原技术还原出永恒精灵的身影……"晴明有些遗憾地摇摇头。

"不，其实我们还有一个目击者……"我皱着眉头想了想，然后想到了一个人，"你忘记啦？离永恒精灵最近的人不是医生，而是被救助的小女孩啊。那个小女孩一定知道什么，比如说永恒精灵身上的气味、触感什么的……"

露娜，你为何会拥有如此机智的头脑啊！

我的思维一旦发散开来，得到的效果连我自己都没办法预料。

"晴明，我们准备一下，然后去医院！"我从衣架上取下外套，一边和晴明说一边向门口走去。

我有预感，我已经离永恒精灵的真相不远了。

2.

来到医院的病房门口，原本应该安静的过道上此时却堵满了围观的人，还有不少拿着相机的记者。病房的门口，则站着两个脸色不怎么好看的护士姐姐。

"这里是病房，病人需要休息，请病人回到自己的病房，记者马上离开。"一个端着药盘的护士姐姐黑着脸，毫不留情地呵斥着前面一个递出话筒要采访的记者。

但是记者一点儿也不畏惧，反而将闪光灯打得更加频繁了。

"这是怎么回事？"我远远地看着前方嘈杂的人群，有些疑惑地问晴明。

晴明看了一眼前方，冷静地说道："因为之前的新闻里播出了小女孩被大火困住的画面，但是之后又奇迹地脱出困境，所以在网上，大家给她取了一个'奇迹女孩'的外号。现在'奇迹女孩'住院，大家都想拿到第一手资料吧……"

是这样吗？

因为人实在是太多了，也有不少人想浑水摸鱼进入病房，所以负责的医院请了两个身材高大的保安守在了病房门口，除了检查病情的医生还有看护的护士，闲杂人等都被拦在了病房外面。

"呃……这下要进去可就难了！"我拉着晴明站在病房的拐角处，有些担忧地说道。

"其实也不是没办法……"站在我身后的晴明说道。

"什么办法？"我急切地问道。

晴明指了指旁边一间半开着门的医生休息室，透过门缝，只见里面挂着几件白大褂在随着微风摆动着。

"你是说……我们扮成医生混进去？"我迟疑地说道。

晴明给了我一个赞许的眼神。

虽然心里还是有点儿迟疑，但是这时候也没有更好的办法了。

考虑了一秒钟之后，我由晴明把风，自己则偷偷溜进休息室，摸出了两套医生的装备。

3分钟后，依然是休息室门口碰头，我和晴明的身份却已经有了很大的变化。

晴明的脸上架着一副没有度数的金边眼镜，身穿白大褂，搭配衬衫，像极了一个医术高超、不苟言笑的医生，还有他脖子上挂着的听诊器和手上的病历本，让人不会有一丝怀疑。

而我之前本来是想当一回护士小姐，但是没有找到适合我的衣服，所以只能在原本的外套上面套上一件小号的白大褂，脖子上挂着实习牌。

"走吧，露娜实习医生，我们该去检查病人了。"晴明推了推鼻梁上的眼镜，难得跟我开了个玩笑。

"是的，晴明医生。"

我站直了身体，冲晴明敬了个礼。

穿过被一大群记者包围着的病房大门，我和晴明走到了保安的面前，可能是因为晴明的装扮太过逼真，保安居然连问都没有问我们，就这样让我们进到了房间里。

病房里并排放了三张床，但是靠门和中间的病床上放满了水果还有鲜花，小女孩则是躺在了靠着窗户的床上。

小女孩的嗓子因为被烟尘呛住了，时不时发出难受的咳嗽声。

"你现在还好吗？"见小女孩咳得厉害，我忍不住上前，轻轻地拍着她的背，帮她顺气。

"医生，我女儿只是被灰尘呛住了，不是什么大病，我们什么时候能走啊？"这时，坐在阴影处的小女孩的妈妈将一个碗搁在床头柜上，一边舔着嘴唇，一边不满地问道。

我看了一眼那个碗，碗里还剩半个雪梨和川贝的药渣。

"你又不是医生，你凭什么来判断你女儿有没有因为火灾而引起后遗症？"晴明皱着眉头，冷酷地说道。

"你……"小女孩的妈妈想要说些什么，但是目光触及晴明散发着寒气的脸，便自动住嘴了。

小女孩舔了舔有些干燥的嘴唇，怯生生地看了一眼放在床头柜上的川贝雪梨糖水。

"你想喝这个吗？这个喝了不错，能清肺呢……"我一边说着，一边在旁边的保温桶里重新盛了一碗。

"妈妈说，小孩子不能喝这个……"

小女孩看了一眼她的妈妈，摇了摇头。

"怎么可能？这就是给你喝的呀……"

我感觉有点儿不对劲，但是又说不出来。

"我……我……"小女孩神色慌张地看着她妈妈，但是又顶不住香甜糖水的诱惑，最后还是低下头喝了一口，然后又喝了一口……很快，小半碗川贝雪梨糖水就被喝光了。

"真好喝……"小女孩舔了舔嘴唇，发出一声低低的叹息，被糖水滋润过的喉咙也没有之前干涩了，"姐姐，你要是天天来就好了。"

"为什么？"我摸了摸她的头，笑着问道。

"这样糖糖就每天都有糖水喝了……"小女孩糖糖小声地说。

"可现在糖糖上电视了，大家可喜欢你呢，一定天天都有人给糖糖送糖水喝啊……"我不动声色地看了晴明一眼，开始套话，"很多小朋友都说你见过永恒精灵，可羡慕你呢……"

"可是，糖糖什么都不记得了呀……"糖糖低下头，手指不停地揪着盖在身上的被子，一副头疼的样子。

"可能是因为当时太过害怕，所以忘记了当时发生的事情……"晴明解释道。

"喂，你们医生进来不检查病人，只负责聊天吗？你们真的不是杂志社派来打探情报的吧？这么不负责任，我要投诉你们！"一直没有说话的糖糖妈妈突然发出尖厉的声音。

糖糖听到她妈妈的声音之后，身体瑟缩了一下，脸上露出害怕的神情。我发现她抓着被子的手指关节已经泛出了白色。

晴明装模作样地翻开了记录本，在上面写了什么，说道："查房并不只是检查病人的身体，还有观察病人起色和状态这一项。"

说得好！

没想到晴明也会这样一本正经地胡说八道，我忍不住在心里夸赞他一番。

也许是严肃的人说话更有信服力，晴明说完之后，糖糖的妈妈居然悻悻地收声

了。

"糖糖，今天的检查就到这里了，你要好好休息。"我摸了摸糖糖的头，然后从兜里掏出一根棒棒糖塞进了她的手中，冲她挥手。

"医生姐姐……"

糖糖像小猫一样发出小小的声音，可怜巴巴地看着我。

她的声音软软的，让我有种想停下脚步，重新回去摸摸她的头的冲动，但我还是强忍住，跟着晴明走出了病房。

糖糖的妈妈看到我们离开，露出了一个如释重负的笑容。

我心里生出一股淡淡的疑惑，挥之不去。

3.

短暂的假期就在我沉浸于搜索永恒精灵的资料中度过——不过，我仍然忘不了周末去医院看望的那个叫糖糖的"奇迹女孩"。我离开病房前看她的最后一眼，她眼中的难过与伤痛不像是一个小女孩应该有的，而且她的妈妈也不像是很会照顾她的样子……

这里面一定有什么原因。

"晴明，你能帮忙调查一下糖糖的家庭情况吗？"

虽然是在上课，但越想越觉得不对劲的我，还是偷偷给晴明发了一条短信，然后在三秒钟之内收到了晴明的回复。

虽然有些担心糖糖，但是就目前而言，永恒精灵才是我要关注的重点，糖糖的事情就交给晴明吧。

　　我一边这样想着，一边忍不住把视线放在了白小侠身上。

　　白小侠这次倒是没有再睡觉，也没有做什么小动作，反而一脸茫然地对着一张粉红色的信纸发呆。

　　"怎么回事？"本着打探情报的心思，我忍不住凑上去问道。

　　白小侠张了张嘴，刚想说话，就在这时，放学铃声很不凑巧地响了起来。

　　"放学了，我要走了。"白小侠飞快地说完，还没等老师宣布放学，就已经伴随着铃声冲出了教室。

　　"白小侠，你忘记了我们的……"我只能对着他离开的方向，不甘心地说道。

　　等我跟着冲出教室的时候，教室外面的走廊上早已没有白小侠的身影了。

　　"露娜，你在找白小侠吗？我看见他往学校假山的方向去了。"一个看上去有点儿眼熟的同学对我说道，站在他周围的人发出了然的哄笑声。

　　我大方地向他道谢以后，便朝学校假山的方向跑去。虽然已经跟丢了白小侠，但奇怪的是，似乎所有人都知道我在找白小侠一样，每个人都帮我指明了白小侠的方位。

　　这些人对待暗恋者还真是包容呢。

　　完全不能理解他们在想些什么的我，只能这样下了定论。

　　绕过一条小小的景观瀑布，我终于在郁郁葱葱的大树后面发现了那座假山。

　　假山下，一个女孩红着脸，用一种爱恋的眼神看着白小侠。

　　虽然白小侠是我的调查对象，但是这个时候冲出去妨碍别人，一定会被踢吧。虽然白小侠恋爱以后，我的调查难度一定会增强很多，但是我露娜会是那种知难而退的人吗？

　　抱着看好戏的心态，我偷偷躲在了一个刚好能听到他们说话但是他们又看不到我

的地方蹲了下来。

"白小侠学长，我……"女孩飞快地看了白小侠一眼，然后又脸色通红地低下了头。

"这封信是你写的吗？"白小侠拿出一张粉红色的信纸，递给女孩。

等等，这张信纸好像是他上课时看的那张啊！因为颜色很少见，所以即使是在课堂上一瞥，也让我对这种粉色过目不忘。

女孩有点儿羞涩，但脸上是甜蜜的笑容："学长看过我的信了吧，学长的回答呢？"

女孩有着长长的栗色头发，头上夹着一个仿真蝴蝶的发卡，在阳光的照耀下闪着点点光芒，而蝴蝶的翅膀也会因为她细微的动作而微微颤抖。

她轻轻咬着玫瑰色的嘴唇，双手握在胸前，大大的眼睛充满渴望地看着白小侠。

"你的字太丑了，我建议你回去好好练练字。还有，你这里的古希腊文的语法用错了，连词都拼错了。虽然现在知道古希腊语的人挺少的，但是还好我认识，我已经帮你修改好了，回家多查查字典啊。我忘记了，古希腊字典挺少的，不过我们学校的图书馆里有，就在三楼第二个书架的第四层。你有点儿矮，不过没关系，你可以要高一点儿的同学帮你拿。语法不通，记得多看原文书啊！"白小侠挠挠头，毫不停歇地说着让我惊讶至极的话。

我看到那个可怜的女孩像是被雷劈了一样，石化在了原地，要是这时候碰她一下，她可怜的小心脏说不定都碎成了渣。

她脸上幸福的表情还没来得及消失，就瞬间转化成了各种颜色，以至于白小侠还没来得及说下一句，她就号啕大哭地跑了。

白小侠则站在原地，不明所以地挠了挠头，另一只手上还拿着那张被改了错字却没能还给人家的情书。

这个白小侠简直……

"哈哈哈……"

我忍不住捂住嘴狂笑起来，但是因为画面实在太好笑，尽管已经用上了双手，也还是没有完全堵住笑声。

"谁在那里？"

白小侠的声音传来的同时，只见我眼前的灌木一闪，白小侠的身影出现在我的面前。

为什么这么快？

我看了看不远处的假山，然后又看了看眼前的白小侠，不知道他是什么时候来到我面前的，而我毫无察觉。

我蹲在地上，仰着头看向白小侠，金色的阳光从白小侠的背后射过来，我忍不住伸手遮住了眼睛。

"就算你遮住眼睛，我也不会不存在的。露娜同学，你似乎理解错了'一叶障目'的含义。"白小侠弯下腰，鼓着腮帮子说道。

虽然这个表情是女孩的专利，但是用在白小侠的身上毫无违和感，可能是因为他的眼神太过纯洁，所以连带着做的动作都有种自然的率真。

我吐了吐舌头，丝毫没有觉得不好意思，站了起来，然后顺便活动了一下有些发麻的腿。

白小侠看着我，有些头痛地揉了揉太阳穴，眉头皱在了一起，双眼眯起，长长的睫毛在微微抖动着。

他叹了一口气，微微侧过头，上下打量我一番。

"露娜同学，你这样会让我很苦恼啊……"白小侠为难地说道，"虽然我知道你非常喜欢我，但是你这样明目张胆地跟着我，让我很不习惯！"

现在我似乎已经习惯了被他这样误解，所以我无所谓地耸了耸肩："可我只是想更加了解你啊！"

意识到自己的不敬业，我开始模仿着之前那个女生的样子，努力睁大眼睛，双手握在胸前，用看我最爱的酸奶冰激凌的眼神看着白小侠。

果然，看到我这个表情，白小侠忍不住往后退了一步，看向我的眼神也带上了一丝嫌弃。

喂，明明那个女生也是这样看着你的好吗！为什么你要用这种嫌弃的眼神看我，我也会受伤的好吗！

不，我露娜是不会因为你嫌弃的眼神而退缩的！

想当年我为了查清楚某某学院吸血鬼男爵的传闻，能在盛夏的时候，在公共厕所蹲上大半天呢！

像是接到了挑战一样，我咬了咬嘴唇，更加"含情脉脉"地看着白小侠。

"可是你之前明明答应过我，要帮我实现一个愿望啊，我现在的愿望就是跟在你身后，记录你生活的点点滴滴。"

我的声音甜得连我自己都觉得恶心。

"那个才不是什么愿望，我也不是神仙，我的意思是，你要不要换一个要求？除了跟踪我之外……"

白小侠看着我，又忍不住后退了一大步，伸出一只手挡在胸前，摆出一个防守的姿势。

喂，我只是一个弱女子而已，你至于这样防备我吗？

"好伤心——"我退后一步，一只手捂着脸，假装受到了伤害，实际上是在透过手指的缝隙偷偷地观察白小侠，"我所要的不过是想看看我喜欢的人过着怎样的生活，没想到却被他嫌弃了……其实，我果然还是适合一个人生活。呜呜，就这样吧，让我一个人直到白发苍苍的时候，看着窗外掉落的黄叶，哀悼我被暗恋的人嫌弃的一生吧……"

我一边假装受到了伤害，一边偷看白小侠。果然不出我所料，白小侠在看到我假哭之后，有些手足无措。

他咬了咬下嘴唇，慢慢靠近我，左手抬了起来，像是想要拍我的肩膀，但是最后还是放了下来。

"你……你……"白小侠有些苦恼地摇摇头，脸上露出懊恼的表情，"那个……我不是讨厌你的意思……那个……"

"呜呜呜，我知道了，我以后不会再跟着你了……"我一边抖动着肩膀一边说道。

"我……我只是希望你不要再跟踪我，你要调查什么，我都会全力配合你的！"像是下定了决心，白小侠深吸一口气，提高了音量。

"反正我……你说真的？"

我停下假哭，睁大眼睛看着他。

"对，我说到做到！"白小侠点了点头。

"那……"

我的心里顿时乐开了花，因为最近这段时间不管做什么都不顺利的郁闷心情，随着白小侠的这句话瞬间烟消云散。

各种附加条件在我的脑海里疯狂地转了一圈，最后我还是说了一句："如果让你为难，其实你完全可以拒绝我的，我不想让你不开心，真的！"

"不，我答应过你的事情，这次一定会做到！"白小侠坚定地点点头。

"那这样……"

我掩饰住心中的狂喜，打算开出我的条件。

"丁零零——"

还没等我把条件说出来，我的手机却在这个最重要的时刻响了。

我掏出手机一看，手机屏幕上，晴明的头像不停地闪烁着。

"晴明？"

因为知道晴明不会无缘无故给我打电话，所以我停止跟白小侠说话，离他稍微远了一点儿之后，接通了电话。

"露娜，你猜得没错，根据我的调查，糖糖跟她的妈妈是最近才搬去枫糖小区的。根据邻居的说法，糖糖的妈妈对她并不好，经常能听到糖糖的哭声，而糖糖很少出门，好像也没有上学……"

晴明还在那边报告着他的调查结果，而我的心因为那些信息越绷越紧。

我担心的事情还是发生了，有时候我还真讨厌这种第六感啊。

"晴明，我觉得我们还是要去一趟医院，我们不能抛下糖糖不管。"我一边说着，一边看了一眼白小侠，然后下定决心。

白小侠的事情还能再找到机会，但是我有预感，如果放下糖糖的事情不管，我一定会后悔的。

"白小侠同学，约定的事情我们下次再聊吧，现在我要去办一件很紧急的事情。"

白小侠明明一脸好奇，但还是装作一点儿也不在意的样子。这要是在平时，我一定会毫不犹豫地抓住机会好好地戏弄他一番，但是现在我没有那个心情，只想着马上离开这里。

"喂，明明是我先跟你说事情的！"白小侠听了我的话，有些不满地说道。

"都说了到时候再说！"我头也不回地说道。

"那到底是什么时候啊？你还没给我答复呢，喂——"白小侠不依不饶地跟在我

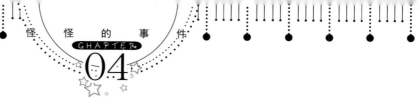
身后嘀咕。

"我说你现在就没有别的事情可以做了吗？为什么要一直跟着我啊？"我没好气地瞪了他一眼。

白小侠莫名其妙地摸了摸头，有些委屈地说道："明明以前都是你跟着我啊，你跟踪我，我都没有说你什么……"

我走出学校，然后坐上了去往医院的公交车，而白小侠一直跟在我身边。

似乎有哪里不对劲。

好像这些事情以前一直都是我对白小侠做的吧？

不过现在也管不了了，这些都不重要，重要的是还在医院里的糖糖。

4.

"喂，露娜，你到底有没有听我说话？"

到了医院，白小侠还跟在我身后唠唠叨叨，对我的称呼也从一开始的"露娜同学"变成了"露娜"，一副老熟人的样子。

我轻车熟路地来到了露娜的病房门口，不过今天已经没有保安守在门口了，外面的记者也不见了踪影。

这是怎么回事？

难道大家已经对永恒精灵失去了兴趣，注意力集中到别的大事件上去了？

我疑惑地看着病房的门牌号，脑海中飞快地回想着这两天有没有漏掉什么吸引眼球的新闻。

"露娜，你在看什么？你很在意那个病房吗？"站在我身后的白小侠奇怪地看了

一眼紧闭的病房门，我还来不及阻止，他就已经拉着我的手走过去，推开了病房的门。

"白小侠，你……"

糟糕，来不及躲了！

我上次看见糖糖还是以医生的身份，现在穿着校服的我要怎么跟她解释啊？

但是，这些想法在我看到了里面的情况之后戛然而止。

病房里，之前用来摆放糖糖的慰问品的两张床上，躺着两个脸色蜡黄的病人，看到我跟白小侠站在门口，都一脸疑惑地望向我们。而糖糖之前的床位上，一个护士正将床上的枕套和床单抽了出来，换上了新的。

"那个……请问之前睡在这里的小女孩……"我走上前询问。

"哦，你说糖糖啊，她们刚走啊。真是的，女儿的绷带还没有拆就急着出院，没见过这样当妈的。不照顾女儿也就算了，还嫌医院气味不好闻，明明都是医院护工照料的，她哪来那么大的怨气啊……"护士像是超级不满糖糖的妈妈，一边换着被套，一边在我面前毫不掩饰地抱怨。

"谢谢！"一听说糖糖离开的消息，我连一秒钟也待不住了，急忙朝门外追去。

"露娜，你到底……"白小侠跟在我身后，不知道撞上了什么，发出噼里啪啦的声音。

我一口气跑到了医院门口，刚好看见前面不远的地方，糖糖的妈妈抱着脸色苍白的糖糖，拦下了一辆出租车。

"糖糖——"我忍不住大喊起来。

糖糖似乎听到了我的声音，在被塞进车里以后，又不甘心地探出头来，但是很快又被她妈妈塞了进去。

出租车的车门被关上，眼看就要扬长而去了，此时的我不知道哪里来的爆发力，

抄近路冲到了出租车的前面。

我的心脏扑通扑通地跳着，眼看着出租车离我越来越近，然后听到轮胎摩擦地面的声音。

周围一切的事物都像是隔了一层朦朦胧胧的玻璃，只有眼前的出租车才是我关注的重点。

要被车撞了吧？

晴明要是知道他不在我身边的这一小会儿我就出了车祸，一定会内疚死吧。

我好像又做错事情了……

我的脑海中飞快地闪过各种念头，明知道自己太过冲动了，其实只要拜托晴明，就一定能调查到糖糖的新住所，但我就是这样顽固地用了另一种方式。

出租车离我越来越近，我闭上眼睛，打算承受最后的撞击。

"砰——"

身体没有被车撞上，而是被人护在了怀里，和出租车擦身而过。

接着，我感觉到自己的身体从半空中跌落，在地上滚了好几圈，最后撞上了什么东西，停了下来。

尽管如此，我依然没有很疼的感觉。

"砰——啪——"

身边传来了什么东西撞上的声音，然后我听到路边的行人大声喊道："出租车撞到树上啦！"

出租车？

是糖糖坐的那一辆吗？

我想起在车子撞上我的一瞬间司机惊恐的样子。

我稍稍抬起头，就看见一棵比海碗还要粗的梧桐树被拦腰撞裂，这要是撞在了我

的身上……

本来一直还觉得自己挺勇敢的，到了这时候，我才觉得口干舌燥，浑身开始冒冷汗。

"唔——"身后传来一声痛苦的闷哼。

"啊，这边有人受伤啦！"我的耳边突然响起一声尖叫，我的周围瞬间围满了人。

我被人抱得死死的，连转身都困难，但是身后的人依然没有松开手。

"你还好吗？"

一个大妈蹲下来，关切地看着我。

"还……好……"我开口想说话，才发现自己的心脏跳得厉害，连说话都有些困难。

"哎呀，你可真是不小心，怎么能突然跳到路中间呢？要不是突然冲出一个男孩拦住你，那棵大树就是你的下场啊——"大妈心有余悸地说道。

"是啊，那个男孩可快了，你们都没有事吧？"

"我还以为你一定会被撞上呢，那个男孩可是一瞬间就冲到了你的面前啊……"

周围的人七嘴八舌地说着，而我怎么也跟不上他们的思维。

男孩子？

速度很快？

我刚想问清楚，眼角的余光却看见糖糖的妈妈像是在逃避什么，想要上另外一辆车。而那辆撞上树的出租车，车后门却打开着，一只布满青紫伤痕的小手无力地从车厢内垂落下来。

糖糖！

难道是因为我的莽撞，又一次伤害到了其他人吗？

096

就在我挣扎着想要从地上爬起来的时候，身边的人再一次尖叫起来。

"救护车，这里有人要治疗——"

治疗？

我很好啊，请你们拦住前面要丢下糖糖逃跑的女人好吗！

我刚想这样拜托大家，随即感觉到一股温热的液体顺着我的脖子往下面流动。

我艰难地抽出一只手，摸了摸脖子，然后放到眼前一看，满手都是鲜红的血液。

"有个男孩保护了你……"

"速度很快……"

"有人受伤了啊……"

之前别人说的话一下子浮现在我的脑海里。

被车撞上的前一秒，被人用身体护住的感觉，还有现在即使躺在地上，也完全是一副被人保护的姿态……

我转过头，就看到了白小侠惨白的脸。

他平时不管怎么讨厌被我跟着都带着笑意的眼睛，此刻却紧紧地闭上，因为疼痛而咬紧了牙齿，显得有点儿狰狞。但是，最让我感到心惊的是源源不断地从他的头上流出的鲜血，这些血将他的头发打湿，柔软的头发再也看不出来原本的质感，变成一缕一缕，凌乱地贴在了头上。

原来大家说的那个勇敢的人是白小侠，我却从一开始习惯性地忽视了。

我心中的某根弦突然断裂开来。

再一次因为我的冲动和任性，让人受到了伤害。

"白小侠，你千万不要有事……"

仿佛刚刚梦醒一样，我流着眼泪喊了出来。

接下来的事情就如同做梦一样，我被人从地上扶了起来，然后看着医护人员抬着

已经昏迷过去的白小侠走进了医院。

我好像还看到了晴明焦急的模样，但是再也没有力气去听他说些什么。周围所有的东西好像已经离我远去，而我只能看到手上那抹刺眼的属于白小侠的血。

怪怪的拜访

CHAPTER

05

非凡华丽家族之
永恒精灵

1.

　　白小侠躺在病床上，不知道是不是失血过多的原因，本来就已经很白的皮肤，现在却变得有点儿透明；头上缠了一层厚厚的纱布，几根不听话的头发从纱布里跳了出来，在微风下微微摆动。

　　他平时不说话都会让人觉得带笑的眼睛，此刻紧紧闭着，金色的阳光洒在了长长的睫毛上，在眼睑上投下一片阴影。

　　这样的白小侠看上去比在学校要好看很多，没有了那古怪的语速，还有奇怪的行为，一定会让学校的女生更加为他疯狂，但是我的心里超级难受。

　　白小侠不应该是这样的……

　　真正的白小侠是个有着无数古灵精怪的点子，让人捉摸不透的人，还是一个即使是成天睡觉或者在课堂上做各种小动作仍旧成绩优秀的人。

　　白小侠被送进医院以后，我拒绝了晴明的陪伴，坚持要自己照顾白小侠。

　　虽然已经得到了医生的再三保证，白小侠受的伤只是看上去比较严重，但是目睹了白小侠痛苦地躺在地上、满头是血的样子，我还是不放心——尤其是他的伤是因为我引起的。

　　一想到这些，我就更加体贴地照顾他，恨不得连吃饭都帮他一起吃了。

　　"你要吃点儿水果吗？"

　　白小侠没有说话，一副有气无力的样子，这让习惯了他元气十足模样的我有些不知所措。明明想跟他道谢，但是话到了嘴边，我又觉得不管怎么说都很假，一句"对不起"在心里翻来覆去了几百遍，一旦说出口，又变成了别的。

我拿起一个苹果，削掉了皮，切成块，用叉子叉起一块递到白小侠嘴边。

白小侠的眼皮微微动了一下，然后张嘴把我送到他嘴边的苹果一口吃掉。

"那个……我白天不是故意要去拦车的，因为车上坐着的女孩叫糖糖，她是我们上次看到的枫糖小区火灾里，被大火拦在了15楼的小女孩……"我偷偷抬起头，见白小侠并没有很生气的样子，心里松了一口气，然后又切下一块苹果，塞进了白小侠的口中。

"我拜托晴明帮我调查了，糖糖的妈妈其实不是她的亲妈妈，而是一个儿童拐卖贩，所以在看到她们要离开的时候，我才会急着冲上去……"

白小侠点点头，然后看了一眼桌上的橙子，我赶忙将橙子切开，把皮去掉，送到白小侠的嘴边。

"对了，当时他们说你可勇敢了，像个超人一样，速度简直比世界冠军还快……"我一边说着，一边将一颗草莓递去他的嘴边。

"那个……嘴鸥（最后）怎么样了……"白小侠一口吞掉草莓，有点儿口齿不清地问道。

"啊？"我愣了一下，不知道他在说什么。

"那个小女孩最后……"白小侠将草莓咽下，舔了舔嘴唇说道。

"哦……晴明说警察已经抓住了人贩，并且联系到了糖糖的亲生父母……"

看着白小侠难得的慵懒神态，我一下子没反应过来，但是白小侠张着嘴，像是等我喂他水果的样子，于是我心不在焉地从床头柜上随手摸出一个东西，递到了白小侠的嘴边。

"咔嚓——"

我的手上传来一个奇怪的声音。

我抬头一看，一袋没有拆掉包装的麻薯饼被我塞进了白小侠的口中，似乎对我极

度信任的白小侠连看都没看一眼，就直接把我递过去的东西咬进了口中。

“噗——”看着这样的白小侠，我忍不住笑出声来，一直以来压抑的心情也好了很多。

白小侠睁大黑白分明的眼睛，一脸委屈地看着我。

“哈哈，你怎么那么奇怪？我给你什么，你看都不看一眼就吃进口中……”我一边捂着嘴笑，一边从白小侠口里拿出那个没有开包装的麻薯。作为补偿，我又重新开了一袋饼干，然后递去给他。

白小侠先是噘了噘嘴，表示自己的不满，但是在我的刻意讨好下，最后还是就着我的手，一口吃掉了一块小熊形状的饼干。

“噗——”

看着孩子气的白小侠，我忍不住扭过头，又开始笑了起来。

就在我伸出手，打算擦掉白小侠脸颊上的饼干屑时，病房的大门突然“砰”的一下被人用很大的力气打开了。

还没等我反应过来，一个娇小的身影带着一股清香朝白小侠扑了过来：“小侠——我亲爱的宝贝——妈妈听说你被出租车撞飞了6米——”

又一个像熊一样的身影朝白小侠哀号着扑过来，眼看就要撞上我了，我机灵地转过身，闪到了一边。

“儿子，爸爸听说你被一辆货车撞得半身不遂啦！”

我目瞪口呆地看着这两个突然闯进来的人，手中还拿着半袋饼干的我完全不知道用什么表情面对他们。

“呜呜呜，都怪妈妈把你生得太脆弱，没有遗传到你爸爸的体格……”

“不不不，不怪妈妈，是爸爸的错……”

两人一唱一和，完全不给我插嘴的机会。

我看见白小侠皱着眉头，一副头痛的样子，担心他要是再皱眉会影响到头上的伤

口，于是我小声说道："那个……叔叔阿姨，你们好，白小侠同学他……其实没有你们说的那么严重，只是一点儿擦伤……"

我抽着嘴角，将医生的诊断告诉他们。

扑在病床上哭泣的白小侠的妈妈听到我的话之后，立刻停止了哭泣，一双闪亮的大眼睛忽闪忽闪地看着我。

我这才发现，原来白小侠好看的脸完全遗传自他的妈妈，因为我眼前这个娇小的女人完全不像一位母亲——说姐姐还差不多。

而白小侠的爸爸在知道白小侠并无大碍之后，立刻以保镖的姿态站在了白小侠妈妈的身后。

"啊？原来没有大问题啊……吓死我了，我就知道我们家的孩子不会轻易受伤的。对了，小侠到底是怎么进的医院？"白小侠的妈妈疑惑地问道。

我咬了咬嘴唇，刚想把真相说出来，但是看到了白爸爸有我半个头大的拳头，心里有些紧张。

我为难地看了一眼白小侠，白小侠像是有感应一样，抬起头，目光呆滞地看着我。

看什么看啊？快点儿帮我解释一下啊，救救场也好！

我眨着眼睛，希望白小侠能接收到我的求助讯号。

白小侠看着我，对我眨了眨眼睛，然后冲我露出一个笑容。

这个笑容不像之前任何一个笑容，像是盛开在路边的一棵含着晨露迎着微风的小花。

"扑通——"

我的心脏不受控制地狠狠跳了一下。

"这位同学，你跟我家小侠是同学吗？"

长得美丽又年轻的白妈妈不知道什么时候走到了我的身边，等我回过神来的时

候，白妈妈已经离我超级近。她微微歪着头，眼睛一眨不眨地看着我。

"阿姨，您好，是的，我……我叫露娜，是白小侠同学的同桌，今天也多亏了白小侠同学才没有受伤，对不起！"一向很少怯场的我，这次却不知道该说些什么，反应过来的时候，已经做完了在我看来超级糟糕的自我介绍。

呜呜呜，好丢脸……

都怪白小侠，没事对我傻笑什么？我是要你救场，又不是要你对我笑！

"你说小侠是为了救你才受的伤？"白妈妈的眼睛突然亮了起来，接着露出八卦的表情，靠近了我，然后一把握住了我的手，"你是他同学，而且还是同桌？同桌？这么巧啊！果然是缘分呢，呵呵呵——"

"对……对不起……都是我太任性，才让白小侠同学受伤……"我看了一眼还在放空状态不知道在傻笑什么的白小侠，有些惶恐，又有些内疚地说道。

"没关系，我们家的男孩子都是皮糙肉厚，呵呵——"白妈妈眯着眼睛看了看我，然后看向了白小侠的爸爸。

熊一样的白爸爸站在床头，跟白小侠动作一致地点头。

这都是什么跟什么啊！

"那个……露娜同学，你跟我家小侠真的只是同学吗？"白妈妈拉着我的手，将我们之间的距离一下子拉近了不少，"我们进来之前，你是在喂他吃东西吧？是吧？"

"我……"

我求助地看向白小侠，不知道该怎么回答。

"呵呵，我懂的！"

白妈妈捂着嘴，轻轻地捏了我的脸一下，露出奇怪的笑容。

等等……阿姨，您到底懂了什么啊？能解释一下吗？我一点儿也不懂啊！

"呜呜呜——哥哥，你还好吗？听说你出车祸摔成了白痴！"就在我不知道该怎么面对眼前这些人的时候，病房的门再一次被打开，白小萌一边哭着一边从门外走了进来，后面跟着杜重。

本来就不是很宽敞的病房里一下子挤了6个人，顿时拥挤起来。

我们一齐看向了白小萌。

"哥哥，你放心，就算你变成了白痴，我也不会嫌弃你的。你的样子不像是摔成了白痴啊？"白小萌揉了揉眼睛，眼里的泪水一下子就不见了。

"白小萌，你欠揍呢！"白小侠在病床上幽幽地说道，"就算我摔成了白痴，智商也不会比你低的！"

"你你你——"

白小萌被气得说不出话来，指着白小侠直跳脚，但是看向我之后，脸上的气愤一下子就变成了惊喜。

看着白小萌的表情，我的心里咯噔一下。

我的第六感告诉我，要是再不走，一定会有什么事情发生，但是我的手还牢牢地被抓在了白妈妈的手中——

明明那么小巧的身材，为什么力气会这么大啊？

"妈妈，她就是那个暗恋哥哥的女生！"白小萌捧着脸，对她的父母说道。

不，我不是……

我想这样说，但是被握住的手一下子收紧了，而我感觉，聚集在我脸上的视线一下子变得灼热起来。

"呵呵呵——"白妈妈的脸上露出诡异的笑容，而白爸爸的脸上也露出了像黑道大哥一样的笑容。

呜呜呜……好可怕……

"那么，为了庆祝我们家第一个住进医院的人，我们给小侠举办一个派对吧！"白妈妈摸了摸我的头发，突然一拍手，做了个决定。

住院派对？这并没有什么好庆祝的吧？

"好啊，我最喜欢派对了！"

我刚想表示疑问，但是白小萌已经开心地抓住了杜重的手，跳了起来。

你们是有多大的仇……

我抽了抽嘴角，刚想跟他们道别，白妈妈却抓住了我的手："我们家的派对，露娜也来参加吧。"

我瞪大了眼睛。

"露娜不是喜欢小侠吗？我也很喜欢露娜哦，真希望以后可以跟露娜一起逛街聊天。所以，我们周末的家庭派对，露娜也来参加吧！"白妈妈眨着水汪汪的大眼睛，和白小萌一起渴望地看着我。

"那个……如果时间允许……"

因为实在是不忍心拒绝她们，我只能咬咬牙答应下来。

"太棒啦！我也想要一个姐姐跟我聊天说心事呢，一定比和白小侠这个白痴哥哥在一起开心很多！"白小萌拉住了我的手，开心地说道。

"谢……谢谢……"这么回答应该没错吧？

我抽着嘴角，看着眼前一群莫名其妙就开始亢奋起来的人，有些不知道该怎么办才好。

虽然对白小侠抱有歉意，但我实在受不了他们家人的热情。在答应周末一定会去参加家庭派对之后，我像逃难一样逃出了病房。

2.

虽然医生已经说明白小侠只是擦伤，但伤口是在头部，为了以后白小侠不会因为这次碰撞变成白痴，我还是拜托医生强行将白小侠留在医院观察了几天。

原本马上就能出院的白小侠，硬生生地被拖到了周末才出院。

没错，今天就是白小侠出院的日子，也是要去参加他的家庭派对的日子。

"唉——"

我长长地叹了口气，对于傍晚的派对有些紧张。

好奇怪，再盛大的晚会我都没有怯场过，为什么这次只是参加一个小小的家庭派对，我就这样不安呢？

我转过头，看着巨大的试衣镜里的我，噘着嘴，眉头也皱得紧紧地——真是丑死了！

我飞快地朝镜子里的自己吐了吐舌头，做了个鬼脸，这才轻松了一些。

打开衣帽间，手指轻轻地从一排衣服上滑过，然后拿出一条天蓝色带条纹的连衣裙，在身上比画着。

今天白小侠出院，蓝白色会让人想起医院吧？不行……

我将裙子随手扔在了床上。

带蕾丝的橘色花边衬衫配上同色的纱裙？

不行，这样看上去会不会像个大橙子？

我顺手将衣服丢到床上，再拿出一套。

"咚咚咚——"

敲门声传来，我手上拿着两套衣服，跑过去将门打开，穿着白色衬衫的晴明站在我面前。

"你……"

晴明看了我一眼，视线越过我的肩膀，看向我的房间，眉头微微皱起。

我顺着他的视线看过去，不知道什么时候，我床上的衣服已经堆成了一座小山，各种各样的配饰被我丢了一地。

"啊，那个……我今天要去参加派对，又不能太失礼。"我忘记了手上还拎着两套衣服，手忙脚乱地解释道。但是动作太大，连衣裙上的腰带挂在了门把手上，差点儿把我拉倒，还好晴明及时扶住了我。

"你只是去参加普通同学的家庭聚会，又不是去约会，衣服跟平常一样，不要失礼就行了吧？"晴明捏了捏鼻梁，不解地说道。

"约……约会？"我被晴明的形容吓得口齿不清了，"怎……怎么可能？没错，就……就是普通聚会啊，但是衣服也不能太丑啊……"

越说越混乱的我，急得手都开始颤抖了。

"晴明，你快去帮我准备车，我要换衣服了。"我将一只脚已经踏进我房间的晴明推出门外，然后"砰"的一声把门关上。

我这才发现，自己的心脏已经跳得飞快了。

什么嘛……晴明不是什么都没说吗？

我走了几步，然后一屁股坐在堆满了衣服的床上，把脸埋进了衣服里。

我到底怎么了？

我现在的表现完全不像平常的我啊，好像有一种第一次去男朋友家拜访对方父母的感觉。

不对，我才没有呢，我只是不想在同学父母面前失礼而已，没错，这就是正常的社交礼仪嘛！哈哈哈……

我一边在心里安慰着自己，一边在衣服堆里打了好几个滚。

"咚咚咚——"

房间门再一次被敲响。

"露娜，约定的时间要到了，你现在要出门吗？"晴明在门外问道。

啊啊啊——

我一下子从床上弹了起来。

怎么这么快？我只是发了一会儿呆而已。

"我……我马上就好！"

被晴明提醒而意识到自己不知不觉浪费了一下午时间的我，赶忙找出了一条新买的连衣裙穿在了身上。

临出门前，我照了照镜子。

红色的及膝连衣裙上缀着白色的蕾丝，大大的裙摆上点缀着一颗颗小水晶，在阳光的照射下，像是一颗颗小星星，也像是小小的雪花闪出晶莹的光芒。

就这样吧！

我满意地点点头，将绑着红色蝴蝶结的白色小圆帽扣在头上，整理了一下头发，然后走出房间。

车子开过了几条街，最后在一栋白色的房子前停了下来。

房子跟我家一样，也是两层，最外面的围墙上开着粉红色的蔷薇花，看上去温馨又好看。

可能是举办派对的原因，前院的树上都挂着彩色的小灯，虽然天色还没有完全暗下来，但小彩灯还是一闪一闪地亮着。

我轻轻地推开雕花木栅栏，从房子里走出了一个人。

我看过去，白小侠手上拿着一朵白色的菊花向我走来。

菊花？

我控制住了想要抽搐的嘴角，向他走过去。

"露娜，虽然不是圣诞节，但是你比圣诞老人还要吸引人！"白小侠有些不自在地说道。

圣诞老人？

比那个胖胖的、长着白胡子的老头好看，并不值得骄傲好吗！

我握紧了拳头，然后又松开了。

"这个白痴，有这么夸人的吗？"

从白小侠身后半掩着的门里传来了一个声音。

"糟了，要是露娜生气了怎么办……"

"这时候我们要出去迎接吗？"

"白小侠，你快点儿给她送花啦！"

……

那些声音虽然压低了很多，但我还是听见了。

"露娜，这花送给你，很适合你今天的衣服啊！"白小侠听了里面的人的话，将手中的白色菊花递给了我。

"不……我不要……"我揉了揉额头，不知道该怎么说，"白色的菊花……不是用来送人的啊……"

从门后传来了什么东西被撞的声音。

"哎呀，你干吗打我？"一个声音委屈地说道。

"是你说送女孩子花，人家会高兴的，你看人家根本不喜欢白菊花！"另一个声音说。

"可是，白菊花的花语不是'高尚纯洁'吗？"

"啊，我查到了！网上说白菊花是祭奠用的……"

说话声戛然而止，随之而来的是一阵拳打脚踢还有压抑的呼痛声。

白小侠听了里面的对话，不知所措地保持着之前送花的姿势。

算了吧……

不知道为什么，我心里一软，从他手中接过了花："谢谢你，白色的菊花其实挺好看的，哈哈哈……"

白小侠之前有些沮丧的脸，在我接过菊花的一瞬间亮了不少，他傻傻地挠了挠

头，然后推开了身后的门："欢迎你来参加我家的聚会，请进……"

随着白小侠的动作，一大串人像萝卜一样从门后栽倒下来。

白小侠的爸爸妈妈、白小萌，还有一个头发卷卷的女生，一起栽倒在地上。还有一个拿着游戏机、头上戴着青蛙帽子的男生，站在那群倒在地上的人旁边，一脸兴奋地冲我打招呼："你好，我是白小侠的表弟，我叫白小葱，那个头发卷卷的倒在地上的是我的表姐白小梦。"

"汪——"旁边一只系着橘红色蝴蝶结的雪纳瑞，像是在展示自己的存在一样，抬头挺胸地从我面前走过。

"哈哈哈——露娜，你来啦，他们刚才不小心把果汁洒在地上了，我来擦擦……"

白妈妈从容淡定地将压在她身上的比熊还壮的白爸爸一脚踹开，然后撩了撩头发，一脸淡定地用围裙擦着地板。

"我……我帮妈妈擦地板……"白小萌眨了眨眼睛，装模作样地用手在地上蹭了蹭。

"我在检查地板是不是干净。这边还有点儿灰尘，小萌，你快点儿擦干净。"名叫白小梦的女生毫不在意地拍了拍身上的灰尘，然后走进了洗手间。

我如果说我只是路过来看看，现在回家还来不来得及？

像是看穿了我的想法，几个人一骨碌从地上爬了起来，白小葱和白小萌扯出一块红色条幅，上面写着"欢迎露娜参加华丽家族聚会"；白爸爸和白妈妈则是一人拉开一个彩色的纸炮，横幅打开以后，"砰"的一声，彩色的纸片从空中飘落。

白色的小狗口中叼着一双拖鞋，跑到我面前，把鞋子放在我脚边，然后坐在一边，尾巴摇得呼呼响。

白小侠和他奇怪的家人们眨着眼睛，一脸期盼地看着我。

唉……

我心里叹了一口气，一只脚跨进了门："谢谢大家……"

3.

原本我以为在这个奇怪的家庭聚会里，我一定会很尴尬，但是事情往往朝着相反的方向发展。

跟白小侠的家人相处的时间超级愉快，以至于我都忘记了回家的时间。

第四次接到晴明的电话之后，我终于依依不舍地和大家道别了。

"呜呜呜——露娜，你就不能住在我们家吗？人家不想你离开啦……"白妈妈抱着我的胳膊，一把鼻涕一把泪地说道。

原本拿在手中的水杯因为她的动作被打翻，水在空中画出一个奇异的形状之后，停留了一秒钟，然后"哗"的一下洒落在地上。

"呜呜呜……露娜，你做我姐姐好不好？人家想要一个温柔的姐姐——"明明一滴酒也没有沾，只是不小心喝了一口芒果汁的白小萌，像是受了很大的委屈一样，坐在地上抱着我的大腿，嘟嘟囔囔。

"白小萌，你是觉得我不够温柔吗？"白小梦一边笑着，一边蹲下身去搀扶白小萌。

白小萌在看到她的一瞬间，抱着我腿的力道更大了。

白小梦此时穿着一条白色的连衣裙，眼角微微上挑，黑发白肤，完全是一个超级大美人。可不知道是不是我产生了错觉，之前看见白小梦的时候，我明明觉得她是个跟白小萌一样纯洁可爱的女生，为什么只是一顿饭的工夫就大变样了？一定是我的错觉……

原本简单的道别，一直从客厅磨蹭到了门口。

"阿姨，我还会再来看你们的！"

我为难地看着胳膊上还有腿上的两个人，虽然很不舍得，但我还是没有把不舍表现出来。

看出了我的为难，白爸爸温柔地将趴在我身上的两个人一左一右用两只手轻松地搂了下来："记得常来玩，大家都很喜欢你呢。"

"嗯！"我认真地点点头。

"等等——"已经被白爸爸扛在肩膀上的白妈妈，在我离开的一瞬间，突然说道，"就算要走，也让小侠送送你。"

"不用了……"我下意识地拒绝道。

话还没有说完，不知道怎么回事，我跟白小侠已经到了门外。我只来得及看见一扇雕刻着白色蔷薇花的门在我眼前合上。

怎么回事？

我张大嘴，怎么也想不明白，刚刚明明还在客厅说着话，现在为什么就被送到了门外？

我转过头看了看，白小侠一脸无辜地看着我："那……我送你回去吧？"

门旁边的窗户后，白小侠一家人的脸都贴在了玻璃窗上，愉快地冲我们挥手，那只叫阿白白的狗坐在白小萌的怀里，冲我吐着舌头。

我笑了笑，也冲他们点点头。

风徐徐吹来，带来了不知名的花香，也送来一阵凉意。

"阿嚏——"

因为出门前以为自己不会待到很晚，所以只穿了一条连衣裙的我，忍不住打了个喷嚏。

"你感冒了？"白小侠往前走了几步，然后转过身，倒着走在我前面。

"没……没有啦……"

我搓了搓手臂，摇摇头。

"可是你刚才打喷嚏了。"白小侠挠了挠头。

我揉了揉有点儿僵硬的脸，冰冷的手让脸上感觉更凉了。

"啊，好冷！"

前面一个女生向一个男生抱怨着，朝我们迎面走来。

"你冷吗？我把我的衣服给你穿吧。"女生身边的男生体贴地将自己的外套披到了女生的身上。

女生推脱了一下，但还是抵不过男生的热情。经过我身边的时候，我分明看到女生脸上甜蜜又羞涩的表情。

白小侠停下了脚步，看着早已远去的两个人的背影，一副若有所思的样子。

"白小侠同学？"走了几步，发现身边的人根本没有跟上来的打算，我停住了脚步，不解地问道。

"原来是要这样啊……"

白小侠低着头，看了看自己身上的衣服，一脸的遗憾。

"什么？"

"我身上只穿了一件衣服呢……"白小侠纠结了一下，皱着眉头说道。

"然后呢？"我打了个寒战，不知道他想做什么。

"算了，如果你冷，我还是给你穿吧，妈妈说女生是很脆弱的，虽然我不觉得你很脆弱……"白小侠说道。

后面这句话你没必要加上啦！

"不要随便把衣服脱给女生。"

还来不及因为白小侠用词不当而生气，我就看到他要把自己身上唯一一件衬衫脱下来，于是我忍不住大喊起来。我一只手遮住眼睛，另一只手牢牢地拽住了他的衣服下摆，生怕我一撒手，他又要开始脱衣服。

"那么……"

白小侠想了一下，脸上的表情突然严肃起来。

"什么？"

拜托你不要脱衣服了！

因为不知道白小侠下一步会做些什么，我的警惕性都提高起来。

"我抱着你回家吧！"白小侠说道。

什么？

"抱……抱我回家？"

我被白小侠奇异的思考方式惊得没办法反应过来。

"我的速度很快，既然你不让我脱衣服给你穿，那我抱着你快点儿回家，你就不受冻了，两个人的体温加一起也会温暖很多！"白小侠得意地挑了挑眉毛，眼中闪着光芒，像是非常满意这个决定。

抱……抱着我……

这个时候帮我打个电话请司机大叔来接我会很难吗？

就在这时，我突然"飘"了起来——白小侠在我发呆的时候，没有经过我的同意，一把将我抱在了胸前，是那种据说会很吃力的"公主抱"。

"啊——白小侠，你怎么突然……"

突如其来的失重感让我没了安全感，双手下意识地搂住了他的脖子。

"闭上眼睛。"我的耳边传来了白小侠的声音。

我下意识地听了他的话，闭上了眼睛。

风吹起了我的头发，我只能听见呼呼的风声还有白小侠呼吸的声音。

奇怪，明明觉得白小侠平时说话也不像这样有魄力，但是刚刚那短短的四个字让我不自觉地想要听从。

之前还有些冷的身体，在这一刻却感到无比温暖，而我的心跳也像是受了感染一样，渐渐跟白小侠的心跳变得一致起来。

"怦怦……"

耳边传来的不知道是自己还是白小侠的心跳声，我的脸颊变得有些发烫。

白小侠原来有这么强壮吗？

能这样轻松地抱起我跑这么久，连大气都不喘一下。

我闻到了吃晚餐的时候白小侠身上沾染到的柠檬草的味道——明明是一种很清爽的气味，但是我的脑子像一团糨糊，所有的念头都没有办法集中成一个完整的想法。

放弃了最后一丝挣扎，我轻轻地将脸贴在了白小侠的肩膀上。

4.

"我们到了。"

我感觉到白小侠的速度慢了下来。

到了？

"这怎么可能？吹牛也应该有点儿……"我习惯性地想要嘲讽，但是话还没有说完，就被眼前的景象吓住了。

我揉了揉眼睛，看见眼前熟悉的景色——高高的梧桐树矗立在街道边上，一栋白色的两层楼房隐隐从爬满了蔷薇花枝的铁艺围栏上露了出来。围栏上，一块小木牌出现在我面前，这是我跟爸爸妈妈搬来这里之前，亲手从以前的家里摘下来，又挂在这里的，上面写着"露宁、艾米和露娜的家"。

这里真的是我的家！

不过，怎么可能？

　　我明明记得司机叔叔开着车送我去白小侠的家里还花了大半个小时，从城北跑到了城南，就算有近路，也不可能在这么短的时间……

　　"你……我真的到家了？这么快？"我不敢相信地大喊出来。

　　白小侠将我放在了地上，眼睛一闪一闪的，一脸"快来夸我"的神情，说道："我就说我的速度很快啦！"

　　离开了白小侠的怀抱，我突然感觉像是失去了什么一样，心里空落落的，身体也因为失去了温度再次变得冷起来。

　　我看着白小侠，想要说些什么，但是不知道怎么开口。我总觉得，要是说了再见，今晚愉快的时光就会消失不见，到了明天，我跟白小侠的关系又会恢复到普通的状态……

　　我一直没有说话，而一向话多的白小侠这一次也没有说话，看着我，像是在等待着什么。

　　一阵风吹过，我忍不住打了一个寒战。

　　"唉……"白小侠轻轻地叹了一口气，一脸无奈的样子，但是不知道为什么，我能感觉到他现在的心情很好，"好吧，我答应跟你交往，你不要再抓着我了，快回家吧。"

　　"啊？"

　　我傻傻地看着他。

　　什么跟什么啊？

　　白小侠轻轻地抓住了我的手，然后慢慢地将他的衣服从我手中抽了出来。

　　看到他的动作，我的脸一下子变得滚烫起来。

　　糟糕！

　　我居然忘记了松手，一开始被白小侠抱住觉得紧张，然后不自觉地抓住了他的衣服，但是后来就没有松开过。

难怪白小侠一直看着我不说话，我还以为他有什么话要跟我说，原来……

啊，好丢脸！

我像是触了电一样，飞快地把手从白小侠手中抽了出来，但是已经接触到的皮肤却像是泡在了热水里一样，一直暖暖的。

"我们明天去学校也能见面的，所以你不用舍不得我！"白小侠用一种"真拿你没办法"的宠溺眼神看着我，然后轻轻俯下身。

他的阴影一下子笼罩了我，但是因为淡淡的柠檬草味道，不会给我一种压抑感，反而使我想起了刚才他抱着我奔跑的时候我心中怪异又陌生的感觉。

我的心脏又因为白小侠的动作猛烈地跳动起来。

"那个……我……"我想说些什么，但是脑子因为白小侠暧昧的动作再次变为一团糨糊。

"叮咚——"

身后的门铃响了起来。

笼罩着我的阴影消失了，鼻间那一丝柠檬草的味道也随之消失。

原来白小侠只是想要按门铃而已。

等等，我心中为什么会有一丝遗憾？

不对，我为什么要遗憾啊？

白小侠这个浑蛋，为什么要做这么暧昧的动作啊？好好按个门铃会怎样啊！

我一下子恼羞成怒，刚想发脾气，身后的门却打开了。

"好了，明天见！"

白小侠一把将我推进门里，朝我挥挥手。

微风吹起了他黑色的头发，明亮的眼睛比天上的星星还要耀眼，一时间，我有种天上星星的光芒都集中到了他身上的错觉。

他一边往回跑，一边忍不住笑着回头看看我。

我就是被这样的笑容所迷惑，一直到他的身影消失在我面前，我才发现自己错过了一件很重要的事情。

"等等，白小侠，你回来！谁要做你的女朋友啊？我都没有答应你！"

回过神来的我，忍不住气急败坏地朝白小侠离开的方向大喊。

呜呜呜，明明只是一时分神，就莫名其妙多出了一个男朋友，你有问过我的意见吗？

"这样很好啊，你本来就是打着暗恋的幌子接近白小侠，人家刚刚只是成全了你……"

一个声音从我身后传了过来。

"啊——"

我一回头，看见晴明难得没有戴那副没有度数的眼镜，略显犀利的眼神在夜色的衬托下也变得温和起来。

"你……你什么时候站在这里的？"我心虚地问晴明。

"从白小侠跟你说要你做他女朋友开始。"晴明一脸淡定，一点儿偷听被抓的尴尬都没有。

"你……"一想到我的窘状被晴明看见，我就更加羞愤了，"你知道我们在说话，就不知道躲开吗？"

"躲开了怎么给你开门啊？"晴明倚在门上，对我摊摊手。

我抓狂地看着天空，完全不明白，明明只是一个口误，为什么会变成现在这个样子？

不过……

就算是这样，我心里为什么没有一丝反感，反而还有一点儿甜蜜呢？

真的只有一点儿啦！

我也没有很期待，完全没有！

难道跟怪人在一起的时间长了，自己的想法也会变得奇怪吗？

夜风带来了花园里能抚慰人心的花香。

一定是今天晚上的空气太好，影响了我的心情吧？

没错，一定是这样的！

也许明天，我这种奇怪的心情就会消失呢？

怪怪的约会

C H A P T E R

06

1.

我拎着书包，无精打采地打着呵欠走向了教室。

昨天我似乎做了一个超级恐怖的梦，居然梦到了白小侠要求我跟他交往！

这怎么可能？

一定是我最近太累了，连做梦都这么离谱，我拒绝去思考那个梦的真实性。

"啪啪啪——"

刚走到教室门口，教室里突然响起一阵掌声，所有的熟悉或者不熟悉的同学，都用一种"恭喜你得偿所愿"的表情看着我。

怎么回事？

就在我无比震惊和疑惑的时候，萝萝已经将她圆圆的身体挡住了教室唯一的出口，而洛小雅则笑得奸诈地将我推到了我的课桌前。

我的课桌上堆了满满的一堆杂物。

没错，漆黑的石头上放着一瓶用玻璃瓶装的水，仔细看看，水瓶里还有粉红色的水母在缓缓游动；头上长着三只犄角的蜥蜴，吐着舌头站在一截枯木上，火红的眼睛瞪着我；八只脚的海星死死地趴在晶莹剔透的水晶上面。一块灰色的石头用粉红色的丝带绑着，放在了杂物的最顶端。

到底是谁这么讨厌我，要在我的桌上放这么多乱七八糟的东西？

我刚想把这些东西搬走，就看到一个人从人群后面走出来——白小侠眨着亮晶晶的眼睛看着我，让我想起了某种对人超级友好的毛茸茸的小动物。

他到底要做什么？

白小侠羞涩地笑了笑，然后给我递来一封粉红色的信。

"这……这是什么？"

我将双手放在身后，死都不肯接面前的信，双腿开始哆嗦，有一种想要逃跑的冲动。

"这是白小侠同学给你的告白信啊！"萝萝突然窜了出来，从白小侠手中接过信，然后一把塞进我的怀里。

在他的注视下，我心惊胆战地打开了信封。

"既然都交往了，那么，允许你不用含蓄地盯着我了，但是不要盯太久，会让我分心；既然都交往了，那么你的事就是我的事了，如果遇到危险，大声叫我的名字，我会以最快的速度赶到你身边；既然都交往了……"

"这是什么？"

我捂着额头，有一种要晕过去的感觉。

为什么大清早的，白小侠会给我一封类似于告白信的承诺书？

之前"因为夜晚的空气太好，所以脑袋不能正常思考"的借口，被承诺书最后一句"以上承诺对露娜永远有效"瓦解，我有种心跳紊乱的感觉。

"露娜，你喜欢我送给你的礼物吗？"

白小侠在几个男同学的簇拥下，走到了我的面前，眼睛闪闪发亮，满含期待地看着我。

"就这样吧……"我故意低下头不去看他，一边小心地将这封信折叠好，一边说道，"也不是什么特别有意义的东西……"

"可是……"白小侠眼睛里的光芒瞬间暗淡了不少，"可是小萌说，如果这样写，你会很开心呢。你不开心吗？我都已经把我最喜欢的东西送给你了——撒哈拉沙漠的蜥蜴化石，太平洋海沟里的八条腿海星，大西洋里的水母，还有流星的碎片，都

是我好不容易才弄到的，你不喜欢吗？"

看着白小侠可怜兮兮的样子，我连拒绝的话都说不出口。

我还想着嘴硬说几句别的，但是白小侠低下了头，一副受到了挫折的样子，像是一只被主人责骂的小狗，随时都会可怜巴巴地哼几声。

"答应他！答应他！"

周围的同学一边善意地起哄，一边拍着手将我们围在中间。

读完小学以后就很少脸红紧张的我，这一下感觉浑身的血液都要沸腾起来了。

我拿着那封承诺书的手一直在颤抖，完全不敢看白小侠。

白小侠到底在想些什么啊？居然会做出这种事情，而且完全不觉得不好意思。

糟糕，我现在想不顾一切跑到一个没有人的地方，然后用冰块给自己的脸降温了。

我的视线落在承诺书上，直勾勾地看着，要是可以，简直想把它做成挂件挂在身上。

我的心脏又开始不受控制地跳起来，但是我怎么也控制不住脸上的表情，嘴角情不自禁地往上扬起。

"丁零零——"

上课铃声响起，大家都回到了自己的座位上。

我转过头，看见白小侠还是一副不开心的样子，也没有准备玩游戏，只是无精打采地趴在课桌上看着窗外。

"也没有不开心啦，这是我收到的第一份承诺书……"将那张承诺书连纸带信封一起夹进了我的字典里以后，我一边捏着手指，一边小声说道。

白小侠回过头，双眼再次亮起来。

我佯装在仔细听老师讲课，但是双手一直放在了课桌里那本夹了承诺书的字典上，心情就像一盘牛奶蜜豆冰沙上浇上蜂蜜一样甜蜜。

我今天说谎了。

白小侠问我喜不喜欢他的礼物时，我并没有表现出很开心的样子，但是实际上，我根本没想到他会送我这样一份真诚的礼物。

虽然只是薄薄的一张纸，但是比收到爸爸妈妈送给我的那些昂贵的礼物时还要开心呢。

但是，开心的背后更多的是担心。

如果白小侠知道我之前接近他是为了调查他，他还会给我那样的承诺，还会那样毫无芥蒂地对我露出美好的笑容吗？

我很不确定这件事。

所以，他的告白和承诺书带来的那些喜悦，就好像是寒风里瑟瑟发抖的小花，虽然努力在我心头绽放着，但不知道什么时候就会被突然降落的冰雪掩埋。

2.

午餐时间，我躲开了白小侠，直接跟晴明来到了我找到的秘密花园，一起吃着午餐。

这是一栋被废弃多年的花房，因为年久失修，花房的围墙早就破了好几个大洞，没有了房顶的遮盖，一棵巨大的树从花房的正中央直耸云霄，充当了这个花房的房顶。

星星点点的阳光从树叶间洒了下来，即使是正午，也感受不到阳光的毒辣。

几个已经生锈的铁架被随意地放在了矮矮的墙边，上面的花盆里开着叫不出名字的花，随着微风摇摆。

我坐在阶梯上，小口地吃着晴明帮我准备的午餐。

但是因为心里一直想着白小侠的事情，以至于可口的午餐都变得难以入口了。

看着手中精致的饭盒，我叹了一口气，将盖子盖了起来。

之前在收到白小侠给我的承诺书时的那一点儿甜蜜与心动，现在却被浓浓的愧疚和烦恼取代了。

我明明是抱着其他目的接近白小侠的，但是面对他单纯的讨好，我在感到喜悦的同时也有些矛盾。

面对他的坦诚，我无法再隐瞒我当初接近他的目的了，可是，如果我跟他坦白，事情的后果会是我想要的吗？

我真的不知道接下来该怎么办了。

"露娜，你有心事吗？"晴明坐在我身边，看着我几乎没有怎么吃的饭，直接问了出来。

"嗯……"我点点头。

面对这个一直像我的哥哥一样关心我的人，我几乎连掩饰的心思都没有，直接承认了。

"是因为最近在传的你跟白小侠交往事情而担心吗？"

真不愧是晴明，总是能把我心里的想法一眼看穿。

我再次点头。

我向后仰去，抬头看着绿色的树叶，金色阳光在树叶间一闪一闪，偶尔风吹过，露出一小片蓝天，但是又很快被树叶遮盖住了。

"白小侠跟我告白了，但是，明明只是建立在谎言上的交往，我却有点儿沉溺在其中了……我想跟白小侠坦白，直接说明我是为了调查真相才来到他身边的，但是我又害怕白小侠生气不理我了。晴明，我是不是太贪心了？"

好奇怪，说话是这么简单的一件事，但是一旦牵涉到某些话题，说话又是一件超级难的事情。只要一想到我跟白小侠坦白之后，他那双黑白分明的眼睛里可能浮现出厌恶，我的心就忍不住一阵慌乱，甚至一想到白小侠可能再也不会跟我说话，我的心就开始揪痛了。

晴明摇摇头，伸出一只手，轻轻地摸了摸我的头发。

"露娜，那不叫贪心，你只是想抓住自己喜欢的东西而已。"晴明说道，"我认识的露娜是一个对未知事件有着好奇心的女孩，一旦认准一件事情，就会毫不犹豫地去发掘真相，直到找到自己想要的答案——她是绝对不可能自怨自艾、止步不前的。"

"晴明的意思是要我跟白小侠坦白吗？可是……"

可是，白小侠要是真的不肯原谅我……

我绞着手指，始终无法下定决心。

"露娜，勇敢地遵从自己的内心和直觉吧，不管怎么样，你的家人，还有我，都会一直陪在你的身边。如果白小侠让你伤心了，身为你的守护骑士，我是绝对不会放过他的！"晴明难得开着玩笑，冲我做了一个"加油"的手势。

"噗——"听到晴明的话，我忍不住笑了起来，"晴明才不是骑士呢！晴明是我重要的家人，一直以来，我都要谢谢你为我做的一切……"

我的心情瞬间明朗起来。

是啊，不管怎么样，犹豫不前只会加深矛盾的形成，因为太过于纠结之前自己对白小侠的隐瞒，导致我露娜也不像平常的自己，还让晴明也担心我了——真是太过分了！

我深吸一口气，轻轻抱住了晴明，像抱着自己的亲哥哥一样："晴明，有你真好……"

晴明拍了拍我的肩膀。

"你们在干什么？"就在这个时候，白小侠的声音从我身后传来。

我回过头一看，白小侠不知道什么时候正气鼓鼓地站在一边看着我。

"白小侠？你……你什么时候在这里的？不对，你怎么找到这个地方的？"虽然已经做好了心理建设，要把一切对白小侠坦白，但是突然看见他，我的心里还是忍不住慌乱起来。

晴明似乎感觉到了我的惊慌，安慰地拍了拍我的肩膀。

"就算你是露娜的哥哥，我也不准你这样抱着她，能抱着她的只有我！"白小侠一把拉开晴明的手，非常不高兴地说道。

"露娜，我觉得现在是个坦白的好机会，你要好好把握。"晴明并没有在意白小侠的态度，而是转过头温和地对我说道。

我迎着他鼓励的眼神，点了点头。

晴明收拾好便当盒，体贴地将空间留给了我跟白小侠。

中午，暖风从我们身上吹过。

一开始，我们谁都没有说话，我是因为满腹心事，白小侠则好像还在为之前我跟晴明亲昵的动作而生气，只是瞪大眼睛看着我，鼓着腮帮子，一副不开心的样子。

过了很久，我感觉自己快要在白小侠责备的目光下变成一块石头了，才深吸一口气，握紧了拳头，慢慢地说道："白小侠，有一件事情我必须要跟你坦白，那就是，我接近你是另有目的的。"

一瞬间，我感觉白小侠的呼吸停顿了一下，他原本鼓起的腮帮子一下子瘪下去了。

"什么啊，原来你不是要向我道歉，承诺以后只让我抱啊……"

本来我超级紧张的，但是听到白小侠的话后，额头上滑下了许多道黑线。

为什么这个家伙的思维方式总是这么奇怪呢？根本不追问我的目的，反而在意其他的事。

"晴明是我哥哥，只是我哥哥好吗！你认真听我说话，白小侠！"我忍不住大声说道，为了避免这个家伙说出更多让我无语的话来，我决定一口气把真相说出来，

"我之前接近你，是因为你和我一直在调查的一件事有很紧密的关系。之前说我暗恋你，也是因为情急之下才瞎说的，对不起！"

我的话出口后，白小侠没有再说话了。

我不敢抬头看他，心紧张得怦怦乱跳。

他不说话，说明他一定是生气了，不想理我了，怎么办？我该怎么弥补？

"真的对不起，白小侠！我不该将错就错欺骗你的，但是经过一段时间的接触，我发现你比我看到的还要好得多，以至于……"

我努力想说一些话让白小侠不恨我，不料我的话没说完就被他打断了。

"那你现在喜欢我吗？"

白小侠的声音在我耳边响起。

一瞬间我以为自己听错了。

我骗了白小侠，难道他不生气吗？

于是，我疑惑地抬起头，瞪大眼睛看着他，白小侠似乎并没有生气，还是非常平静的。

"那你现在喜欢我吗？"白小侠不依不饶地问道。

我不知道……

我想这么说，但说出口的却是："可能有一点儿喜欢吧……"

我在说什么啊？这难道就是我想说的吗？

"好吧，露娜，就算你现在只有一点儿喜欢我，那以后也会变成很喜欢我的，所以我原谅你了！"白小侠的脸上露出一个狡黠的笑容，"原来你躲开我就是因为这个啊，没必要啦！小萌说过，女孩子对于发现自己的真实心意总是比较迟钝。露娜，其实你很可能在那个时候就已经喜欢上我了，只是你不知道而已……"

这种得意的语气是怎么回事？我还以为会像偶像剧里一样，在我说出真相后，白小侠会冷酷决绝地对我说出很多狠话，然后踩着我破碎的心离去。

没想到会是这样！

这么说，我之前那么纠结和烦恼，都没必要了？

不过——

"白小侠，你就不好奇我接近你是为了什么事吗？"

"嗯，那个不重要啦，重要的是，你现在已经被我深深吸引而不自知……"白小侠的脸上洋溢着愉悦的笑容，似乎根本听不进我说的话，陶醉于自己认定的幻想里了。

"不，很重要，你还是听我说完！"额头上冒出冷汗的我，不由得再次提高了音量。

"好吧……"

"我是为了调查永恒精灵的真相而转学到茉莉学院的。白小侠，你是永恒精灵事件唯一知道真相的目击者，所以我接近你，是想调查清楚那个真相！"

既然已经说了，那就把一切都说清楚吧。

白小侠听到我这句话后，表情瞬间变得严肃了。

"永恒精灵？"

他的眉头微微皱起。

"是的。"虽然不明白为什么他的表情变了，让我的神经再次紧绷起来，但我还是深吸一口气，看着白小侠，一字一句地说道，"我想知道永恒精灵的事情，虽然现在跟你坦白了，但我不会半途而废，我还是想继续把这个传说的真相调查清楚，所以，你能帮助我吗？"

微风吹起了白小侠柔软的头发，金色的阳光洒在上面，反射出彩色的光晕。像是被阳光晃到了眼睛，白小侠微微眯起眼睛，一只手遮在了头上，阴影投在了脸上，让他的皮肤有种白皙到透明的感觉。我看不到他眼中的情绪，只能看到他微微张开的嘴唇和一颗半露出来的调皮的小虎牙。

我的心怦怦直跳，这种感觉好像在等待老师公布考试成绩一样，紧张得不得了。

每个人都有自己的秘密，即使是再亲密的人，也不敢拍着胸口保证能百分百地相互坦诚。

白小侠会拒绝我吗？

如果这个秘密真的跟他有关系……

白小侠没有说话，他只是微微皱着眉头，然后定定地看着我。

我的心蓦地沉了下去。

是我要求得太多了吗？

"那个……没关系，你……"

我努力摆出一副开玩笑的样子，对白小侠笑了笑。

"我答应你。"

我的话还没说完，就听见白小侠这样说。

"啊？"

因为他的语速太快，我以为自己产生了幻听。

"我说，我会帮助你得到你想要的答案，但是你也要告诉我，如果你知道了永恒精灵的真面目，又会怎么做？"白小侠轻轻地说道，目光没有放在我身上，而是看着我身后的风景。

"会怎么做？"我有些茫然地反问。

"如果知道了永恒精灵的真面目，你会怎么做？要公布给全世界知道，然后成为像你妈妈那样的受人瞩目的知名记者？"

白小侠收回了目光，直勾勾地看着我，不管是眼神还是语气中的咄咄逼人，都让我不知所措。

"我……我……"

我说不出话来。

我要怎么做？

尽管一开始关注永恒精灵，的确是想查清这个传说的真相，毕竟我之前所调查的传说几乎都可以说得上是一些偶发的巧合事件，再加上以讹传讹，最终变成了传说。但是一旦抽丝剥茧调查之后，我看到的只是一些鸡毛蒜皮的小事，有的甚至是别人为了吸引关注而编造的假新闻。

在第一次得知永恒精灵事件的时候，我的确抱着一种拆穿事情真相的心态调查的，但自从亲眼看见了永恒精灵的奇迹之后，我才知道，过去的自己是有多么自大……

你以为自己已经知道了所有的真相，却不料世界不过在你面前展露了小小一角。无数伪造的传说里，也有着真正值得被世人所知和传颂的传奇人物。

但是，即使是知道了对方那不同于平凡人的能力之后，得到了所谓的真相，然后呢？

我要做什么？

"我……不知道……"我低下头，轻声回答道，"在没有看到结果之前，我不敢轻易下结论，所以这个问题……我也只能在调查清楚永恒精灵的真相以后才能做决定。"

"露娜，你真狡猾……"

一阵风吹过，树叶沙沙作响，我好像听到了白小侠几不可闻的声音。

"啊？"

白小侠是什么意思？为什么突然这样说我啊？

"不过，我认可你的回答。等我帮你弄清楚永恒精灵的真相后，你再告诉我答案吧。现在，我想起有一件重要的事情要跟你说，你得先答应我哦！"

白小侠解释完我的疑惑，又给我丢出了一个新问题。

"什么？"

我有种奇怪的预感，白小侠说的事情应该挺重要的。

看看他此刻凝重的神色，还有微微发红的耳根，还有他动来动去的手——

他是在害羞还是在紧张啊？

他到底要说什么啊？

"我们周末去约会吧，露娜！"

啊？

约会？

我跟白小侠？

等等，我还没有答应跟他交往呢，怎么就跳到约会了？

白小侠，你的进度是不是太快了？

3.

"各位请看，这里是全世界最早的鸟类化石……"

"这里是白垩纪特有的……"

"哗哗哗——"

巨大的始祖鸟化石悬挂在空中，周围是一片我叫不出名字的、只有远古时期才会有的树木模型。不远的地方，一只长脖子食草龙温柔地看着在地上打滚玩耍的小恐龙们。在它旁边的湖水里，蛇颈龙伸出长长的脖子，看着陆地上的一切。

一群小学生戴着帽子，开心地从恐龙身边跑过。

我穿着精致的蕾丝洋装，头上戴着跟科学氛围格格不入的宽边帽子，一脸木然地看着眼前的一切。

说好的充满花香的公园呢？说好的旋转木马，还有能看见烟火的摩天轮呢？

好吧，就算没有这些，那么休息时候的冰激凌，还有让人尖叫的鬼屋在哪里？

看着身边恨不得把头塞进某种恐龙器官化石的白小侠，我忍不住咬牙切齿。

要是知道他所谓的约会其实是来参观他最喜欢的恐龙化石展览，我一定不会穿成这样，呜呜呜……

周围有不少人路过我身边，都会用一种奇怪的眼神看着我。

呜呜呜，你们以为是我自己想要穿成这种粉红色的洋娃娃风格来这种地方吗？要是你们知道今天是我第一次约会，还会这样看着我吗？

"露娜，你看，这里居然有三角龙的尾骨复原模型卖哦！"

"露娜，你看，这块石头里面还有银杏叶的化石，还能看到上面的脉络呢！"

"这块琥珀里的独角仙真好看，但是你比它还要好看！"

……

白小侠似乎已经觉察到了我心中的不安，依依不舍地看了展柜最后一眼，然后拉着我的手，笨拙地给我介绍。

看着白小侠亮晶晶的眼睛，还有因为兴奋而微微泛红的脸颊，不知道为什么，我突然心软了。

好吧，既然已经来到了这里，那我就把展览馆当成公园，好好享受这第一次约会好了！

这么一想，我的心情突然开朗起来。

我摘掉了有些碍事的帽子，然后把缀满蕾丝和蝴蝶结的外套脱掉，剩下纯白的衬衫还有粉红色的裙子，跟展览馆似乎也没有那么不搭调了。

"你刚刚给我看的独角仙琥珀真的很好看呢！"

我眯着眼睛，回忆起刚刚白小侠指给我看的据说是几亿年前的一颗金黄色的小石头。

"你喜欢吗？我在那边看到有仿制品哦！我去买，你一个我一个！"白小侠听了

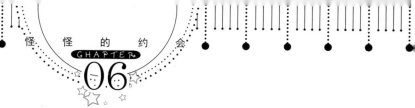

我的话，眼睛一下子变得更闪亮了。

他站在展厅里，就像一个闪闪发亮的发光体，尽管只是站在那里，但他身上那丝毫不虚伪造作的帅气就能吸引住所有人的目光。

看着白小侠离开的身影，我发现自己在不知不觉中注视了他好久。

"露娜——"

白小侠站在不远处卖仿制琥珀的柜台边，冲我挥挥手。

不远处，工作人员正在搬动展览馆里最大的霸王龙骨架。

扬起头的霸王龙化石，即使到了现在，牙齿都还在闪烁着寒光，仿佛下一刻就能把人吞进肚子里似的。

我想起进门的时候随手拿的宣传册。

从随身的小包里拿出来一看，我发现今天居然还有恐龙化石的游行展——就是工作人员把馆内的各种化石都装在车上，然后沿着展厅游行。

白小侠似乎没有注意到这个活动，不过，我想他一定会喜欢吧。

我抬头看了看远处的白小侠，他低着头，似乎挑得很仔细，根本没有注意到这边的动静。

我站起来，穿过人流，想要过去告诉他。

经过那个正在重新拆装的恐龙骨骼时，我抬起头，霸王龙大大的头骨正在被工作人员用大型的吊轮小心翼翼地从5米高的身体上取了下来。

"啊——"周围不知道是谁尖叫起来。

"轰隆——"

我听到什么东西崩塌的声音。

"快点儿离开，这里危险！"

"恐龙的头骨从绳子上掉下来了——"

周围的尖叫声像隔了一堵墙一样传入我的耳中。

穿着制服的工作人员焦急地冲我挥着手，像是在示意我什么。

什么？

一个巨大的阴影伴随着一股强烈的危机感向我涌来。

我下意识地抬起头，之前还高高挂着的霸王龙头骨，现在却张大了嘴，露出一口锋利的牙齿，向我扑了过来。

"快走开，绑化石的绳子断了，危险！"

我终于听到了工作人员在说什么。

看着离我越来越近的头骨，我明明知道很危险，但是身体在这一刻已经僵硬了，怎么也走不动，心跳和呼吸在这一刻都停止了。

"白小侠——"

"*如果遇到危险，大声叫我的名字，我会以最快的速度赶到你身边。*"

我突然想起了白小侠给我的承诺书。

虽然知道他不可能马上赶到我身边，但我还是下意识地喊出了他的名字。

上天像是在满足我临死前的最后一个愿望一样，我只是朝白小侠的方向看了一眼，就看见一脸焦急和紧张的白小侠用一种普通人根本没办法达到的速度，朝我冲了过来。

一定是我太过害怕，所以产生幻觉了。

爸爸妈妈，再见了。

晴明，再见了。

白小侠，再见了。

我好不容易才熟悉起来的茉莉学院的同学们，再见了。

看着离我越来越近的恐龙化石，我认命地闭上了眼睛。

"轰隆——"

一阵风朝我吹了过来。

周围的一切像是被放慢了很多倍，在我眼前变得无比清晰——

从我耳边砸下来的恐龙化石和地板接触的一刹那，溅起的第一颗细小的灰尘；别人手中因为紧张而没有来得及吃掉的冰激凌；还有白小侠推开众人，搂住我的腰，将我推开时额头上因为紧张而渗出的汗水……

我感觉就像做了一场梦。

有人说，人在死亡之前总是会出现幻觉的，那些应该就是我最后的记忆吧？

我闭上眼，却迟迟没有感受到重物压在我身上的时候那种让人窒息的痛苦。

一股清新的空气进入到我的肺部。

"就算你闭上眼睛，我也不会亲你的。"

不一会儿，我的耳边传来白小侠爽朗的声音。

咦？

我睁开眼睛，头顶上的蓝天还有金色的阳光有些刺眼，温暖的风吹乱了我的头发，让我的脖子有点儿痒痒的。

"这里是……咦？"

脚下是一大片楼顶，原本宽敞的车道此时在我眼中就如同玩具车道一样小，比硬币还要小的汽车在车道上来来往往。

远处金色的建筑上，一头霸气十足的霸王龙跟我遥遥相望。

那边是恐龙化石展览馆，那我现在在哪里？

我不是在展览馆和白小侠约会吗？怎么一下子……

尖叫声还有朝我快速下坠的恐龙头骨一下子在我的脑海中回放起来。

对了，我看到的最后一幕就是白小侠向我扑了过来。

"喂——回神了！"

耳边传来白小侠不满的声音。

我抬起头，却发现白小侠不知道什么时候在离我超级近的地方，眼睛一眨不眨地

看着我，而他的手臂还牢牢地扣在了我的腰上。不知道是不是错觉，我甚至还闻到了他身上淡淡的柠檬草香味。

"这……这到底是怎么回事啊？"

我压下心中那份莫名其妙的心动，将白小侠推离我远一些，将脑海里的画面回放了一次，才疑惑地问道："你拥有这样的速度，难道你就是我要找的永恒精灵？"

明明前几秒钟我还在展览馆，快被恐龙化石的脑袋砸扁，不过喊了一声白小侠的名字，他就抱着我出现在了跟展览馆遥遥相望的大楼楼顶上。

似乎有些不满我将他推开，白小侠皱了皱眉头，不开心地小声嘟囔："才不是呢，我又不是……"

"什么？"我没听清楚，又问了一遍。

"我说我才不是狗呢！"白小侠噘着嘴说道。

"狗……什么……永恒精灵才不是狗呢！"见白小侠似乎不是很在乎，我心里有点儿生气。

没错，虽然他刚刚救了我，甚至有可能他就是我要找的永恒精灵，但是他这样不在乎的态度，我还是有些不开心。

"我说我才不是阿白白呢！阿白白就是你们说的永恒精灵，阿白白就是狗啊，虽然有超能力，但我不是狗，我是你的男朋友，阿白白又不是你的男朋友……"白小侠先是有点儿委屈，然后越说越快地说了一大串，要不是我离他很近，真的会听漏不少信息。

不过即使是这样，我整个人的状态也不太好了。

那个阿白白……

不会就是……

我上次在他家参加聚会的时候，那只打扮得非常少女，喜欢在脖子后面绑着橙色蝴蝶结的雪纳瑞吧？

"对啊，就是它，明明一把年纪了，还喜欢装超人。你别看它小小的很可爱，其实我跟小萌都是它看着出生的呢……"白小侠满不在乎地说道。

我急忙捂住嘴，原来刚才因为太惊讶，我已经把心里想的话都说了出来。

"你骗我？"我不敢相信地摇摇头。

"是真的啦，上次救糖糖的事是我做的，但是……"白小侠挠了挠头，像是在考虑要怎么说话一样，"之前吸引你的注意去调查的那些事情，都是阿白白做的！可恶！你居然先注意到了阿白白才来关注我！"

喂，重点不是这个好吗！

我一时之间不知道该怎么消化这个消息。

自己的男朋友有超能力，而男朋友家的狗则是我一直寻找的永恒精灵。

这种不科学的事情……

"好啦，你已经知道你想知道的事情了，那么现在到我了。"白小侠歪了歪头，活动了一下筋骨，之前懒散的样子瞬间变了。

他目光灼灼地看着我，像是在酝酿着什么很重要的事情一样。

"什么？"

这个时候的白小侠，让我从心里生出了一丝危机感。

白小侠一步步地靠近我，而我只能一步步地后退。

白小侠原来有这么高吗？

他完全不比晴明矮呢，我之前居然没有注意到。

原来他也有这样有魄力的表情啊……不过，能不能不要用在我身上啊？

"你……你不要过来……"我一边结结巴巴地说着一边后退。

难道是我知道了白小侠的超能力秘密，他想杀我灭口？

看着跟平时完全不一样的白小侠，我第一次讨厌自己这种刨根问底的性格。

脑海中回想起了很多被反派灭口的主角形象，可是我现在没有伙伴，也没有超能

力帮助我呀！

呜呜呜，为什么要把我带到这个连人都没有的楼顶来？

早知道我就先让他带我去蛋糕店，再跟他摊牌的，呜呜呜……

白小侠一步步地靠近我，猛地抓住了我的手。

我用力地挣扎了几下，却发现根本没有办法挣脱他的手。

白小侠在离我两步的地方停了下来，然后看着我，脸上突然绽放出一个我从来都没有见过的灿烂笑容。

他缓缓地蹲下，然后单膝跪在地上，俊秀精致的脸庞闪闪发亮："其实我的真实身份是一个闪电超能力者，露娜，既然你已经知道了我的秘密，就请你跟我结婚吧！"

楼顶上的风吹得我的头发像是一只八爪怪一样，我却连整理头发的手都抽不出来。

一定是风太大，让我产生了幻觉，不然我怎么会听到第一次跟我约会的男朋友对我说，他家的狗是永恒精灵，而他是个超能力者，而且还向我求婚呢？

我缓缓低下头，想确认自己只是因为之前受到了太大的惊吓而产生了幻觉——

其实我现在还在家里，我现在在做梦……

没有恐龙化石，也没有白小侠，更没有约会……

白小侠用力地握住了我的手。

手上的温度还有力度，让我无论如何都不能催眠自己这只是一个梦。

如果我现在晕倒，还来得及吗？

怪怪的感动
CHAPTER
07

1.

第二次被白小侠抱回家——这次不是因为我冷，而是因为突然被白小侠求婚，我的大脑已经完全死机了。

事情已经完全脱离了我的控制，朝着不可预知的方向狂奔而去，什么永恒精灵，什么超人……这种只有在科幻电影里才会出现的东西，居然真的在我身边出现了！

我的男朋友是超人，他家的狗是超狗……不对，是永恒精灵。

我微微抬起头，刚好能看到白小侠的下巴。

他毫不吃力地抱着我，身边的风景在我眼前一闪而过。

我今天经历的一切简直太不可思议了。

"今天你受到了惊吓，所以今晚不要太想我，好好休息吧！"白小侠轻轻放下我，然后说道。

这时我才发现已经到家门口了。

男朋友居然有这种超能力，我也不知道到底是好还是坏。

"你……"

我拉着白小侠的手，想要说些什么，但不知道是不是今天真的太累了还是别的原因，在白小侠看向我的一刹那，我的脑子居然变得一片空白。

"真拿你没办法。"白小侠轻轻地叹了一口气，一脸无奈地看着我，"今天虽然回来得有点儿早，但是我保证，下次约会一定不会这样了！"

他摸了摸我的头，用哄小孩一样的口气安抚我。

谁要跟你约会啦！

一瞬间，我想冲着他狂吼。

都怪我这不争气的手，做什么不好，居然抓住他的衣服……呜呜呜，又被误会了。

我瞪了他一眼，咬了咬嘴唇，然后转身走进家里。

回到自己房间的时候，我打开窗户，发现白小侠依然站在我家门口，发现我在看他，他开心地冲我挥了挥手，然后用一种悠闲的姿势走到了路口，身形一闪，他整个人如一道闪电般消失在拐角的树荫处。

看着他消失的背影，我的心里又有了一丝失落感。

我明明是为了调查传说而来的，但是现在传说中的主角之一成了我的男朋友，事情怎么会变成这样啊？

第二天上午，顶着两个超级大的黑眼圈醒来的我，两眼无神地看着窗台旁边的书桌上，我、爸爸妈妈还有晴明四个人的合照，心里有了一丝迷惘。

如果是妈妈遇到了这种事情，她会怎么处理？会不会和我一样想一整晚都睡不着啊？

“这么好的机会，当然不能放过啦！”

我仿佛已经看见了妈妈闪闪发光的眼神。

没错，才不能因为这种事情而迷惘呢！

遇到事情逃避，这不是我家的风格啊，我露娜可是名主播露宁、名记者艾米的女儿。

深吸一口气，我在心中暗暗做了一个决定。

应该跟白小侠好好谈一谈了！

结婚什么的……开什么玩笑，我明明是抱着调查真相的心态才答应成为他的女朋

友的，交往不到一周就求婚什么的……

白小侠的脑袋里到底在想些什么啊！

不过……

一想到白小侠之前单膝跪下求婚的场景，不知道为什么，我的心脏又不听话地乱跳了，脸也开始发烫。

我用手拍了拍自己的脸，不小心看见镜子里的自己：镜子里的我脸色绯红，却是一副开心得不得了的样子，嘴角也不自觉地上扬着，好像吃到了什么非常甜美的食物一样，一脸幸福。

我怎么会有这样的表情？

我转过身，不去看镜子，对着窗外进行深呼吸。

总之不能说结婚的事情……

没错，这件事一定要好好地说清楚呀！

定了定神，我拿出了手机，按下了号码。

"白小侠，你现在在哪里？"电话接通以后，我问道。

"我在港口城的许记买鸡蛋糕冰激凌啊，露娜，你想吃吗？"白小侠似乎在吃着什么，含糊不清地说道。

骗人，港口城根本不在茉莉市！

我刚想这么说，但是一想到白小侠那超出人类理解范围的速度，想要说的话就立刻吞回了肚子。

好吧，面对白小侠，不要用常识去理解。

我再一次告诫自己。

"要是你5秒钟之内能送到，我就吃。"我想了想，眯起眼睛，有点儿恶作剧地说道。

"什么？5秒？老板，快帮我装起来……"

144

挂掉电话之前，我似乎听见了电话那边慌乱的声音。

我惬意地靠在墙壁上，然后在心中默默地计时。

"一……二……三……四……"

"来啦！快点儿吃，鸡蛋糕还是热的，冰激凌会掉下来的——"

"五"字还在肚子里打转，白小侠的声音已经传入我的耳中，接着一阵风刮过，窗帘被吹得大开。

我眨了一下眼睛，再次睁开的时候就看到白小侠站在我面前，手上举着一个堆满水果的鸡蛋糕冰激凌冲着我傻笑。

"你……你怎么能不经过我同意到我的房间里来？"看着傻兮兮的白小侠，我终于意识到自己的私人空间被侵犯，之前一点儿好心态瞬间消失，随之而来的只有跳脚了。

呜呜呜，他怎么可以这样！我的房间虽然在昨天整理过，但是……

就这样让他看见了，还是觉得不开心啊！

"那怎么办？"白小侠收了笑容，不知所措，手中的鸡蛋糕冰激凌也因为他的动作塌了下来。

冰激凌最顶端的红红的樱桃，沾着乳白色的融化了的冰激凌，眼看着就要掉到地上。

"唰——"

本来应该要掉到地上的樱桃消失了。

我看着地板，然后又看了看一脸无辜的白小侠。

"我没有弄脏你的地板哦！"

白小侠舔了舔嘴巴上的冰激凌，眨着眼睛看着我。

我默默地将放在书桌上的一杯水以迅雷不及掩耳之势扫落在地板上。

"唰——"

明明已经被我扫下书桌的玻璃杯，又稳稳地放在了书桌上，要不是水在杯子里激烈地晃动着，我甚至怀疑我之前是不是真的把玻璃杯打下去了。

有着闪电速度的超人现在就站在我的面前！

这到底是怎么做到的？就算是现在已知的所有人类种族的数据里，都没有谁能达到这种速度，而且，即便是之前就知道了白小侠的速度很快，但是现在亲自做完试验之后，我得到的感触却是之前从没有过的。

一边想着，我一边忍不住做出了更多的测试。

比如说一句话也不说，就把床上的抱枕从窗户丢出去，比如说要白小侠3秒钟之内从花园里帮我摘5朵只有单数花瓣的玫瑰花，比如说掀翻了书柜要白小侠在50秒之内再分门别类收拾好……

总之，不管我怎么气喘吁吁地折腾，白小侠似乎一点儿也不觉得吃力地全部做到了。

到了最后，连我都觉得自己像个无理取闹的神经病。

"露娜……你不喜欢我来你房间，我马上走好了，你不要摔东西……"白小侠像一只受了主人责骂的小狗一样，耷拉着肩膀，一边走向窗户一边说道。

白小侠走到了窗口，双手撑着窗台，哀怨地看了我一眼。

"别走——"以为白小侠马上要离开，我下意识地冲上去，然后抱住了他已经探出一半的身体。

白小侠似乎一点儿准备也没有，一下子就被我拖进了房间里，而我也没有注意脚下，双脚一滑，直接保持着抱着白小侠的动作，两人一起倒在了地板上。

打了一个滚之后，白小侠被我压倒在身下。

"那个……我只是想测试一下，没有生气的意思……"我小声解释道。

白小侠没有说话，也没有看我。

难道白小侠因为不知道我之前只是做试验，认为我脾气太糟糕，不喜欢我了？

心里有了这么一个认识，我就更加用力地抓住了白小侠的手。

"扑通扑通——"

不知道是谁的心跳变得不正常了。

原本还很正常的气温，现在却变得有点儿热——可能是天气变化的原因。

"你——"

"我……"

我和白小侠同时开口，但是因为发现对方也在说，一时间又同时停了下来，也是因为这样，我们的视线终于对上了。

白小侠不知道是因为天气太热还是别的原因，白皙的皮肤上此时透着两抹红晕，他如水晶般清澈的眼眸里此时透着一种我不是很熟悉的情绪。

他定定地看着我，不知道怎么回事，脸突然变得更红了。

看着白小侠的样子，我也像是受到了感染，脸颊也开始发烫起来。

现在的气氛……总觉得有些微妙呢。

我讪讪地想着，想要从地上起来，但是双手一用力，却又重新跌回了白小侠的身上。

白小侠受到了惊吓，双手下意识地搂住了我。

"轰——"

我觉得自己的脸上一下子燃起了大火。

"那……那个……对不起，我不是故意的。"白小侠突然松开手，一脸要哭的表情看着我。

"噼里啪啦——"

白小侠的身体周围却开始闪出金色的光芒，而我跟他身体接触到的部分像受到了电击一样，变得麻麻的。

透过白小侠的瞳孔，我清楚地看见自己的头发像一根根细铁丝一样，竖起一个诡

异的形状。

天啊，我被白小侠电到了！是真正地电到了！

"啊——"直到感受到了疼痛，我才从那种莫名的震撼之中脱离出来。

"对不起，我不是故意要放出电流的……"好不容易从地上爬起来的白小侠哭丧着脸看着我。

"你……身上还会放电？"顺势坐在地上的我，忍不住靠近了白小侠几步，然后伸出一只手在他身上戳了戳——不过这次却没有带电。

"我跟你说了啊……"白小侠怯怯地说道。

"是吗？那你这些电流有什么功能吗？"因为涉及我感兴趣的话题，之前一点点的小尴尬一下子被我忘到了脑后。我一直向白小侠靠近，但是白小侠一脸无奈地躲着我。

"你……不要过来了，好奇怪，我现在无法控制电流。你……你离我远点儿啦，会伤害到你的……"白小侠一边后退一边说道。

"好啦好啦，你快点儿说啊！"

我挥挥手，直接坐在了地上，看着即使之前狼狈地趴在地上，现在也还是保持着优雅跪坐姿势的白小侠——啊，真不愧是学校不少女生的偶像呢，即使是坐在地上，姿势也是那样美。

不过，他已经是我的男朋友啦！

这样想，我又忍不住向白小侠靠近了。

我的手指忍不住又想去试一下，身为行动派的我，立刻伸出手指，戳上了白小侠看上去很软的脸。

"嗞嗞——"

指尖轻轻触到了白小侠的脸——果然如同意料当中一样，软软的又有弹性，但是……

被我突兀的动作吓了一大跳的白小侠，身上的电火花突然变大了，之前还只是有点儿酥酥麻麻的手指，一下子变得刺痛麻木起来。

"啊——"

我收回手指看了看，指尖已经泛红了。

"露娜，你没事吧？"白小侠担忧地看着我，伸出手想要看看我的手指，但最后还是什么动作都没有做，只是摇摇头。

我把手放在背后，偷偷地揉了揉。

果然是带电的体质呢！

"这么说来，我第一次看见你在废楼的楼顶上吸引闪电，只是因为你在充电？充电对你身体会产生影响吗？"因为第一次看见白小侠沐浴在闪电下的画面实在是太有震撼力，所以在白小侠还没有来得及回答我之前的问题时，我又忍不住问道。

"闪电……也不是必需的，只是闪电浴对于我来说就像洗澡一样，不洗会难受。"白小侠像是在想着措辞，歪着头说道。

"既然你会放电，那你能让电灯亮起来吗？能给手机充电吗？你放电的时间有多长……"

我抑制不住激动的心情，问题一个接一个地问了出来。

我又看了看四周，站起来，将房间里能找出来的电器都搬了出来——手机、台灯、笔记本电脑，还有一台已经积满灰尘的熊猫电动玩具。

将这些东西一股脑地放在了白小侠面前，我蹲在地上，双手托着下巴，心情激动地看着他："你试试，你试试。"

白小侠看了我一眼，一只手在上面缓缓拂过。

台灯"唰"的一下放出从未有过的亮光，本来只剩下20%电量的手机，这一会儿显示的却是50%的充电状态中，那只早就取出电池的熊猫电动玩具，现在正在地上不停地打着滚。

"好厉害！"我看着白小侠，心中涌起一股浓浓的崇拜，"你家可以省下多少电费啊……"

"那个……的确是这样没错啦。"白小侠的脸上浮现出一抹红晕，不知道是不好意思还是别的原因。

我深吸一口气，感觉自己的知识库又充实了不少。

"对了，白小侠，你为什么会把这些秘密毫无保留地告诉我啊？"等兴奋劲儿过去了，我歪着头，看着坐在一边的白小侠，心中有些不解，"我可是记者的女儿啊，你难道不怕我把这些事情说出去吗？"

"不会啊。"白小侠连想都没有想，像是已经练习了很多次一样，很自然地说道，"露娜，我相信你。"

"扑通——"

听到白小侠说相信我的一刹那，我的心脏重重地跳了一下。

我捂住胸口，看着白小侠的眼睛，他长长的睫毛在脸上投下一片淡淡的阴影。

这个回答简直太出乎我的意料了……

"那……那你为什么这么相信我啊？"我一边压抑住心中的窃喜，一边小声嘟囔着。

"因为你是我的女朋友啊！除了华丽家族的家人，露娜，你就是我最值得信任的人了。"白小侠理所当然地说道。

"扑通扑通扑通——"

我的心跳更快了。

他怎么能这么自然地说出这样的话？

我转过头，双手捧着脸颊，想让脸上不那么滚烫。

心里的某一处却像是突然长出了开满鲜花的藤蔓，满满的都是喜悦与感动。

"我……我不会说出去的，就算你是永恒精灵，我也不会说出去的……"我揉着

脸说道。

"我不是永恒精灵，阿白白才是。"白小侠摆正脸，纠正我道。

"呃？"

为什么问题又扯到阿白白身上了？

我眨了眨眼睛，回想起上次在白小侠家聚会，那只小小的、满脸胡子、可爱聪明的雪纳瑞。

"阿白白就是你们说的永恒精灵，阿白白就是狗啊……"

不知不觉中，一段似乎被我遗忘在了脑海深处的话回到了我的脑海中。

对了！

既然永恒精灵是白小侠家的狗，那是不是代表我可以……

我坐直了身体，跪坐在地板上，面对着白小侠，双手合十："那拜托你把阿白白借给我采访吧！"

像是不太适应我的态度，白小侠不知所措地看着我。

"采访永恒精灵只是我的一个心愿，我保证绝对不会把这个采访公布出去的。拜托了！"我保证道。

因为害怕白小侠拒绝，我一直睁大眼睛，诚恳地望着他。

白小侠像是有些为难地皱了皱眉头。

"拜托拜托——"我睁大眼睛，摆动着双手，一脸恳求地看着他。

"但是——"白小侠慢吞吞地说道。

"只要你答应我，不管什么条件我都答应……"没等白小侠说完，我急切地说道。

"好啊！"白小侠的眼睛突然变亮了。

看着白小侠莫名变得兴奋，我心中隐隐生出一种说错了话的感觉。

"不如今天晚上你来我家采访阿白白，我们还可以顺便讨论一下：我们毕业以后

151

结婚，是旅行结婚，还是你喜欢传统婚礼？以后要养几个孩子呢？要是生一个，一定会觉得好寂寞，生两个就得要一个好大的房子，最好像我家一样，要在院子里种花，还要一只听话的宠物……"

除了第一句，后面都是什么啊！

看着白小侠已经进入到妄想状态了，我忍不住出声制止。

"那个……结婚的事情……会不会太早了？"我捏了捏眉心，心中只觉得有一大群绵羊在咩咩咩地跑来跑去，"以后的事谁都不知道呢……"

"原来你不想跟我结婚吗？"

白小侠睁大眼睛，一副难以置信的样子看着我，那个眼神让我感觉自己好像始乱终弃的坏女人一样。

我吞了吞口水，有些心虚。

"那……那个……我们是不是先说说阿白白采访的事情？"我硬着头皮岔开了话题。

白小侠撇了撇嘴，不是很开心地点点头。

我刚刚是不是拒绝得太直接了？

看着白小侠有点儿失落的神情，我心中居然产生了一种名为"内疚"的情绪。

"毕业以后……我们的婚礼，我想去海边……"没办法，我只好硬着头皮，小声地说了一句。

反正未来还很远，变数也很大。虽然我对白小侠有点儿好感，但是也没有想过毕业后跟他结婚什么的，我露娜的志向是当一个像爸爸妈妈一样有名的传奇记者啊！

不过，在我敷衍的回答出口后，原本耷拉着肩膀的白小侠动了动耳朵，迅速抬头看着我，眼睛突然发出钻石一般耀眼的光芒："没问题！那我现在就回家通知阿白白，等你晚上来哦！"

我不敢再继续看白小侠的眼睛，虽然明明知道自己只是在敷衍他，但是在他不停

152

地问起我们的将来时，却完全没有反感，除了害羞，更多的是一种小激动。

反正离毕业还早，不管怎样，先这样答应也不错。

一边这样想着，我一边忍不住点头。

白小侠发出一声欢呼，然后再一次从我面前消失了。

带有花香的风吹进我的房间，带起了窗帘微微晃动，窗户大大地敞开着，完全看不出曾经有人在这里进出的痕迹。

2.

我站起身，深吸了一口气。

这是我第二次站在白小侠的家门口了。

因为几个小时前约好了要来他家给阿白白做采访，吃过晚饭以后，我都没有来得及换一身衣服，便急忙拜托晴明送我过来了。

因为晴明说主动上门拜访要是不带礼物会略显失礼，所以我从妈妈那一堆奇怪的收藏品里，挑了一个据说是非洲某个神秘部落里，祭司亲手雕刻的神秘狼图腾木雕，在上面系了一根橘红色的缎带当成礼物带了过来。

"欢迎光临——"

在我刚想按下门铃的时候，眼前的大门突然打开了，出现几张满是笑意的脸，伴随着一阵欢呼声，几片零星的疑似礼花炮里的彩带的东西在他们身后缓缓落下。

体格健硕的白爸爸站在门口，就能把门口挡住一大半，他咧开嘴笑眯眯地看着我。白妈妈从白爸爸身后探出头，头上沾着彩色的纸屑，白小萌端着一盘香喷喷的苹果派，从白爸爸另外一边钻了出来。

"露娜——"白妈妈一把推开白爸爸，挤到了我的身边，"小侠真讨厌，到了晚

饭时间才说你要来我们家，你看我们都没有好好做准备迎接你……"

"没关系……"我受宠若惊地说道。

"露娜，我给你做了苹果派——"白小萌趁机捧着手中的苹果派，献宝一样凑了过来。

"很好吃哦！"不忍心辜负白小萌的期待，尽管已经吃得很饱了，但我还是强迫自己吃了一小块。柔软的饼皮还有酸甜可口的苹果馅，可以算得上是我吃过的最好吃的苹果派之一。

"明明是我拉的礼炮，被你们挡住了，还是我邀请露娜来的，你们都不让我到最前面迎接……"等走进他们家以后，我这才看见白小侠正蹲在楼梯口，碎碎念着，几个很明显已经用过的礼炮炮筒堆在他的身边。

"白小侠……"我走到他的身边，将手中一直捧着的木雕递到他手上，"谢谢你邀请我来你家，这是送给……"

身后，几道目光让我背后起了一层鸡皮疙瘩。

回过头看去，白爸爸、白妈妈还有白小萌，一脸"我们都很懂"的表情看着我跟白小侠。

"这个……这个是送给阿白白的礼物！"原本想说要送给白小侠的礼物，在他们一家诡异的眼神之下，被我硬生生地转送给了阿白白。

"汪！"脚边，穿着荧光粉的鞋子、头上的毛用粉红色蝴蝶结扎起的阿白白站立起来，前爪直直地伸向我。

"嗯？"我眨了眨眼睛，不明白到底是怎么回事。

"你不是说要给我礼物吗？"一个故作老成的声音像是在我耳边，又像是在我脑海中响起。

是我产生幻觉了还是怎么回事？

"刚才你说话了吗？"我转过头看着白小侠。

"没有啊……"白小侠一头雾水。

"是我啦！你低头啊！"那个声音说道。

我低下头，之前还双脚站立的阿白白，这下蹲坐下来，它抬起头，水汪汪的眼睛看着我，打了一个小小的喷嚏。

"礼物呢？"那个声音问道。

阿白白歪了歪头，伸出右前爪，拍了拍地板，我居然看到了一丝高傲的表情？

我揉了揉眼睛，心中有了一丝猜测。

不可能！露娜，你快醒醒啊，就算阿白白是永恒精灵，它也不会说话啊……

我心里一边想着，一边否决了自己心中那一闪而过的可笑念头。

"没有看错，就是我在跟你说话！不信，你看我倒立给你看！"

那个话音刚落，阿白白就用前腿撑着地，后腿高高地抬了起来，并且还绕着我的身边转了一个圈。

"爸爸，你看，阿白白也很喜欢露娜呢，它都不会给我们表演！"不远处的白妈妈惊讶地对白爸爸说道，虽然声音比较小，但我还是听到了。

"不信，我还可以在地上打滚给你看！"

话音一落，阿白白就在地上滚了两圈，露出白白的肚皮。

我忍不住蹲下身，在阿白白的肚子上揉了揉。

"你……你怎么能随便摸狗的肚子！"那个声音恼羞成怒地说道。

随后，阿白白也"汪"的一声，一个鲤鱼打挺站了起来。

"现在你相信了吧？"阿白白高高地抬起头，踱着小碎步向我走来。

"我……我相信了……"我看着阿白白，心中却满满的都是震惊。

天啊，狗居然能用脑电波跟人沟通！

"给我的礼物快放在地上，你拿在手里是不想送给我吗？"阿白白看着我说道。

"不……这个……送给你……"我急忙将手中的雕像放在地上。

阿白白绕着木雕走了一圈，然后开心地将那个比它还要大上两倍的木制雕像轻松地顶在头上，放到了客厅里的镜子前。

我下意识地拿出手机，拍下了这一幕。

狼的木雕在客厅暖色的灯光下显得闪闪发光，狼头高高地昂起，像是狼王在发号施令一样。

阿白白坐在雕刻的旁边，小小的身体绷得紧紧的，头也像木雕一样抬得高高的，还不时斜眼看看镜子，再看看雕刻，随时调整着姿势。

"太好了，露娜，阿白白好像很喜欢你的礼物呢！"白小侠站在我身边，开心地说道。

"能把我雕刻得这么帅，你也费了不少心思吧。好吧，既然大家都想你成为我们家的新成员，那我作为长辈，也欢迎你加入华丽家族好了！"阿白白严肃地说着，但是身体还是没有动，依然细细地调整着自己的身姿。

等等……你误会了！

我张了张口，不知道是该先反驳木雕的事，还是先解释关于成为华丽家族一员的问题。

"露娜，你不是还要采访阿白白吗？"白小侠在我身后提醒道。

哦，对了，差点儿忘记来的目的了！

"阿白白，我能为你做个专访吗？"我问道。

阿白白一边照镜子，一边说："采访？就是电视上用闪着强光的照相机拍照，并且回答问题吗？"

"唔……差不多吧，只不过今天的专访只是我个人收藏，所以只是录像而已……"我想了想，回答道。

"什么！你居然不拍我完美的造型？"阿白白震惊了。

对于一只雪纳瑞这么不要脸地说自己长得和狼一样，就算你是永恒精灵，我也感

到震惊好吗！

永恒精灵，你用这样的状态对待你忠诚的粉丝真的好吗？

我有种想咆哮的冲动了。

"其实动态资料才能更好地记录你的姿态啊……"面对阿白白，我还是选择了一种更委婉的安抚方法。

"好吧，你想记录些什么？"阿白白坐在地上，伸出舌头舔了舔前爪，然后对着镜子，小心地把额头前一撮翘起来的毛抹平。

"记录一下永恒精灵的生活吧……"我有些犹豫地说道。

"好，那我就勉为其难地让你见识我最得意的技能好了。"阿白白说着，站起身，然后小跑几步，示意我跟上。

我举着手机跟在它身后走上了楼梯，身后，白小侠还有他的家人也跟了上来。

只见阿白白先是在空中嗅了几下，身体倏然在手机的屏幕里消失了。

我把视线从手机上移开，四处寻找阿白白的身影，这时，阿白白身上扛着一袋巨大的狗粮，又重新出现在了我的视线之内。

"阿白白，你又偷吃狗粮！"

身后传来白小萌愤怒的吼声："我明明把新买的狗粮包了3层包装，还用真空盒装的，你怎么还是找到了？"

"啧，你以为区区几个盒子能瞒住我的鼻子？"阿白白吸了吸鼻子，不屑地说道。

"这个……就是你的……得意技能？"我抽搐着嘴角问道。

"那你还想看什么？"阿白白蹦到被它扔在地上的狗粮上，尾巴打得包装袋啪嗒啪嗒地响，"你想看我1分钟吃完1斤粮，还是用嘴巴含住4颗网球？不是我吹牛，我用嘴巴装网球的技能连这个小区的狼狗都要向我求教呢……"

"不……"我一脸黑线地拒绝，"能请你表演一下你作为永恒精灵时的状态吗？

比如说超快的速度，还有不寻常的力量……"

"你想看这种小事情啊……"阿白白一脸惋惜，"你真的确定不要看我用嘴巴装网球吗？可好看了……"

"我确定！"我坚定地说道。

"其实这些都是很简单的事情……"阿白白站起身，小步走到了趴在门框后面偷看我们的白爸爸和白妈妈身边，"你们人类的想象力简直太丰富，我不过是听到了呼救，就稍微跑快了一点儿，然后看到你们救援太慢，就顺手帮了一把，就像这样……"

阿白白只是轻轻用头拱了一下白爸爸的脚踝，健硕得像熊一样的白爸爸便轻松地凌空"坐"到了阿白白的身上。

这简直不科学！

我举着手机，跟在阿白白身后，想要看看它或者白爸爸有没有使用什么机械帮助，但是阿白白就这样背着白爸爸，轻松地从宽大的欧式长条餐桌上一跃而过，然后又跳了回来。

被当作道具使用，一直都没来得及说话的白爸爸，在被阿白白用完以后，又被"放回"门口。

突然，刚刚还在我面前的阿白白消失不见了。

"阿白白呢？"

我转过身看着一直没有打断我摄像的白小侠。

"不知道啊，可能又听到了别人呼救，出去救人了？"白小侠摇了摇头。

正当我想问得更加详细的时候，阿白白又出现了，这次它口中叼着一支紫色的鸢尾花，摇头晃脑地蹲坐在我面前。

"这是给我的？"我惊讶地问道。

我从阿白白口中接过花，有着橘红、白色还有绿色的三色花蕊的紫色鸢尾，我记得只有我之前住过的蓝枫市才有，而且因为这种花离开花枝不过10分钟就会变黑，不管使用怎样的手段都不能保持颜色，所以虽然很美，但是不能销售到别的地方。

"你刚刚不见了，是给我摘花？这真是蓝枫市的三色紫鸢？"我一时没有反应过来。

"哼，因为收了你的礼物，这只是回礼……"阿白白依然抬着头，一副高傲的模样。

"阿白白，你太过分了！能给露娜送花的只能是我，给她送紫鸢什么的，你这条心机狗！"白小侠在我身后大声喊道。

"我天天都给你做好吃的狗粮，你都没有送过我花！"白小萌鼓着腮帮子，从门后面钻了出来。

"爸爸，你也好久没有送我花了……"白妈妈轻轻拨了拨头发，一脸哀怨地看着白爸爸。

白小侠追着阿白白跑，白小萌则跑过来，对我手中的花超级感兴趣，白爸爸和白妈妈身边冒起了一层别人根本插不进去的粉红色泡泡结界。

我叹了一口气，关上了手机。

今天似乎也没办法继续采访下去了，不过……我也算有了超出预估范围之外的收获。

而我不知道的是，在我开心地在华丽家族完成了永恒精灵采访的同一时间，有一辆闪闪发光的黑色小汽车停在了茉莉学院门口。

车门打开，一个梳着中分头发、脸上架着一副黑框眼镜、一本正经的少年，推开车门走下了车。

少年推了推鼻梁上的眼镜，嘴角微微上扬，眼中流露出一种势在必得的信心。

"露娜，为了追寻真相而来的不只有你，我华罗英这次一定不会输给你的。永恒精灵的秘密，就由我来揭开，哈哈哈——快让我看看你懊恼的样子吧！"

名为华罗英的少年抬起头，看向茉莉学院的大门，然后步伐坚定地向学校内走去。

"阿嚏——"

还在白小侠家里做客的我突然打了个喷嚏，揉了揉鼻子。

怪怪的战斗

CHAPTER

08

1.

"露娜，你快看！小萌给我炸了大鸡翅还有章鱼香肠——"

最近天气逐渐变得有些热了，我跟白小侠在茉莉学院午餐的地点也因为我讨厌晒太阳而改在了教室。

一到午休时间，白小侠便迫不及待地掏出了自己的便当盒，像献宝一样在我面前打开。

"小萌说女孩子喜欢喝甜甜的饮料，所以我让她做了草莓石榴茶，虽然很香，但是好酸啊……"白小侠一边皱着眉头像是回味那个味道，一边像变魔术一样拿出了一个水壶，带着草莓果粒的粉红色液体从水壶倒进了白色的瓷杯里，让人感到赏心悦目。

我受不了这个香味的诱惑，忍不住拿起来喝了一口。

浓浓的草莓香在我的口中扩散开，红茶的醇厚带着石榴汁特有的涩感，再加上一点点枫糖，酸甜加上果香，非常美味。

我忍不住双手捧着杯子，闭上眼睛又喝了一口。

睁开眼，我看见白小侠的眼睛睁得大大的，一脸期待地看着我。

"怎么了？"我的身体微微向后倾倒，警惕地看着他。

白小侠看了看我，视线又转移到教室里正在播放节目的电视屏幕上。

我看了一眼，茉莉学院新闻社的午间节目，这次播出的居然是"校园情侣特辑"。正在接受采访的一对校园情侣是在午餐时间被采访，在给大家看过他们的午餐之后，女生在大家的起哄下，羞涩又甜蜜地将一块寿司喂到了男生的嘴里。

我沉默地看着白小侠。

白小侠眨了眨眼睛，在我面前张开嘴："啊——"

啊你个头！

我不好意思地看了看周围，班上的同学一副想看但是又不好意思光明正大地看，但还是用眼角余光拼命瞥过来的样子——喂，靠窗户坐着的叶暖暖同学，你吃饭的时候为什么还要拿镜子照啊，以为我不知道你在看什么吗？

"我什么都没看见——"坐在我前座的萝萝同学大声说道。

我真是谢谢你的体贴了……

看着白小侠还是不依不饶地张大嘴，我轻轻地叹了一口气。

我拿起放在便当盒旁边的小叉子，决定放弃抵抗。

"我要吃中间那根最大的八条腿的章鱼香肠。"白小侠说道。

叉子一转，又中了最大的那根香肠。

"啊——"白小侠眯着眼睛张大了嘴。

"下面向各位同学宣布一件自茉莉学院创校以来最值得庆祝的事情！"从教室左前方的悬挂电视里传来一个让人超级讨厌的声音。

我抬头一看，电视上一个梳着中分头、戴着厚厚的圆框眼镜的人，正唾沫横飞地说着话。他的身后，几个人举着一块超大的牌子，上面写着"我们永远都爱华罗英少爷""校园偶像华罗英"之类的字。

华罗英？

他怎么也来茉莉学院了？

我的心里莫名地生出了一丝暴躁。

　　这个人从小学起就和我同班，本来一点儿不熟悉，但是不知道怎么回事，从小他就喜欢在我身边打转，无论我去哪里读书，他就立马跟着报考哪里，就像烦人的苍蝇一样。不仅这样，他还总是喜欢和我说一些莫名其妙的话。在我立志成为"传说狩猎者"加入宝石学院的新闻社之后，华罗英也开始抢在我前面搜集各种奇闻轶事，一旦比我抢先拿到线索，就一定要在我面前炫耀一番，而且和我出于兴趣不同，华罗英只要拿到一段传闻，就一定不会核实真伪，而是采取哗众取宠的手段，制作出最具有争议的话题来。

　　这让我感到十分不舒服。

　　"大家现在可能不知道我，但是，以后你们一定会记住我的名字的！因为我将是茉莉学院新闻社的新任社长，是露娜同学的青梅竹马，露宁主播点名的接班人，以后会接手他的一切。你们记住我的名字了吗？"

　　"小露娜，感受到我对你的热情了吗？听说你在学校找到了一个男朋友，但是他有我优秀，能继承露宁主播的衣钵吗？"

　　"啪——"

　　手上的叉子被我狠狠地扎进了桌子上，手心被这个力道震得发麻。

　　"我的八条腿章鱼——"耳边传来白小侠的惊呼声。

　　"露娜——"教室的门被用力打开，晴明人还没到，声音便已经传进了我的耳中。晴明的声音带着一丝紧张，这对一直以冷静的姿态面对别人的晴明来说，还是蛮罕见的。连我都被晴明语气中的紧张感染了。

　　"怎么了？"我吃惊地问道。

　　"华罗英也来茉莉学院了！"晴明说道。

　　"哦……"

　　我点点头，虽然对华罗英这种穷追不舍的举动有点儿反感，但毕竟腿长在人家身

上，我也没办法阻止他跟到茉莉学院来。

"你怎么一点儿也不吃惊？"晴明有些不解地问道。

"如果你只是想来告诉我这个消息……"我一边说着，一边指了指还在电视上演讲的人，"几分钟前我已经知道了……"

"不，我说的不是这个……还有……"晴明摇摇头，掏出一张报纸放在我的面前。

"露娜，报纸上说你其实和华罗英有婚约，因为一次误会，所以转来茉莉学院，利用跟我哥哥的恋情来刺激他。"

晴明的话还没有说完，白小萌便出现在教室里，她一边向我走来一边嚷嚷着，在她身后，杜重冷着脸对我们点头示意。

"什么？"听了白小萌的话，我一下子从座位上站了起来，"你从哪里听到这个消息的？"

白小萌也拿出一张报纸递给了我。

我扯过来一看，《茉莉校报》上的第一个版面，上面巨大的黑字赫然写着"痴情男——华罗英转校之谜"，上面用极其煽情的口气，记录了一个矫情的少女和华罗英之间不得不说的故事，上面配着一张少女的照片——站在露宁主播旁边，穿着白色的公主裙，披着齐腰长发，只在眼睛部分用小黑块遮住了——而只要长着眼睛的人，就一定能看出来那个女生是我。

我又往后翻了翻别的新闻，整整一张报纸，上面有一版全部记录着一些不切实际的事情，但是偏偏配上的照片又让人无法反驳。

比如说我和华罗英一起跳舞的那张配图，标题上说我跟他在晚会上共舞，但那根本不是私人的家庭晚会，而是在爸爸工作的电视台录制的一小段视频——但是那段录像是一个短剧，大概意思是我扮演的角色要永远跟华罗英扮演的角色在一起。

还有一张我跟华罗英坐在游乐场的巨型咖啡杯里的照片，实际上旁边应该还坐着一个人，但是被人狡猾地处理掉了。

每一张照片呈现的内容和拍照时的真实场景是完全不同的，但是看的人都不知道，我可以跟白小侠解释，但是其他人会怎么看我呢？

顿时，一口气堵在了我的胸口，吐不出也吞不下。

"真是太过分了！"

白小侠看着报纸，一脸不忿地将报纸狠狠拍在了桌上。

"白小侠……"我的心也像那张报纸一样，狠狠地震了一下，想开口向他解释，但是又不知道该怎么说出口。

"报纸上是假的。"晴明沉着脸说道，"华罗英这个家伙从小就只会拍马屁和挑露娜的刺，露娜才不会看上他呢！"

"所以我才奇怪啊，露娜的眼光不可能这么差啦！"白小萌拍拍胸口，一脸"既然晴明都这么说了，我就放心了"的表情。

"太过分了！"白小侠又拍了拍桌子。

"我……我真的可以解释的……"看着白小侠一脸不能释怀的表情，我的心也跟着乱了起来。

白小侠肯定是误会了我跟那个人的关系……

"简直太过分了！我都没有跟露娜坐咖啡杯，也没有让她喂我吃蛋糕！"白小侠一脸不开心地看着我，"你都和不喜欢的人一起去游乐场了，但是不愿意喂深深暗恋着我吃章鱼香肠！"

白小侠的话让我目瞪口呆。

所以我之前一直担心你会误会，想要跟你解释的想法，其实是多余的？

"哥哥，你难道一点儿也不在乎露娜以前喜欢过别人吗？"白小萌问道。

"我才没有喜欢别人！"我看了一眼白小侠，立刻反驳道。

"喜欢过又有什么关系？现在露娜喜欢的人是我啊，既然她喜欢我，我为什么要在意过去的事情？"白小侠充满自信地说道。

晴明赞许地点点头："我果然没有托付错人。"

这到底是什么跟什么啊！

我有些抓狂地挠了挠头。

"啊，露娜！"正当我想要说些什么的时候，教室门口又传来一阵骚动，那个让我听得忍不住起鸡皮疙瘩的声音，这一下真的出现在了我的面前。

华罗英站在教室门口，手上还捧着一大束玫瑰花："啊，你知道吗？你不声不响地离开了我，伤心欲绝的我是怎么熬过那段伤心的时光的。"

他拨开人群走向我，然后将玫瑰花送到我的手上。

我手一抖，将花抛向了站在我斜对面的白小萌手上。

白小萌什么话都还没有说，站在她旁边的杜重早已开启了冷气制造模式，黑着脸将玫瑰从她手中拿起，用一种投篮的姿势，帅气地将那束无辜的玫瑰抛到了教室最后面的垃圾桶里。

"大家好，自我介绍一下，我就是露娜的青梅竹马兼未婚夫！"华罗英高高地抬起头，用手撩了一下他因为抹了太多发油而显得油腻的中分刘海。

"喂，你说话注意点儿，我们什么时候是青梅竹马还有未婚夫妻的关系了？"我扫视了一眼四周，黑着脸说道。

周围的同学都屏住了呼吸，一副看八卦的样子。

"我们不是得到了露宁主播的认同吗？他还要把他的电视台交给我啊——"华罗英一脸惊讶地说道。

"你是白痴啊！那是场面话，你懂吗？你觉得我爸爸会当着你爸的面说'你儿子

就是个白痴'吗？"

因为一看见他的脸，我的心情就会暴躁，再加上之前看他那些乱七八糟的报道，我这下连跟他虚与委蛇的心情都没有了，直接开口讽刺。

"哦，达令，你这样说话，我也喜欢。"华罗英一脸陶醉地说道，"我知道的，你此刻生气的言论，是因为我们分开两个月零3天11小时这么久而起的。你这么在意我，不管你说什么，我都开心呢——"

好恶心——

我皱了皱眉头。

"呕——"

我还没有说出自己的感受，便已经有人做出了行动。

白小萌皱着眉头，嫌弃地摇了摇头："好恶心啊，你说出来的话都是放了10天的臭鲑鱼的味道，你是不是得了什么重病啊？"

"你敢说我臭？我身上可是喷了世界顶级调香师为我打造的……"华罗英刚想反驳，但是随着他说话，一股味道在教室里弥漫开来。

"好臭……"

"什么味道？"

"好像是死鱼的味道啊。"

"我要窒息啦……"

周围的同学像是在印证白小萌的话，纷纷捏着鼻子喊了起来，有的人甚至在说完之后，还夸张地跑到了教室外面。

"你们……放肆——"华罗英脸色大变，在教室里大声喊了起来。

随着他的动作，他身上传来一股放了很久的鱼的腥臭味。

我们不约而同地皱着眉头，离开他身边。

"怎么可能！我身上的香水可是……呃，好臭。"华罗英脸上大颗大颗的汗珠往下掉落，他身上的臭味也越来越浓。

"你身上的味道是从臭鱼身上提炼的吗？"白小萌冲华罗英做了个鬼脸。

白小侠对着白小萌比画了一个"赞"的手势。

他们在打什么哑谜？

注意到他们互动的我非常疑惑不解。

"我在教室外面听说这里有个同学身上突然冒出来奇怪的味道……"就在这时，一个身材性感、有着一头红色长发、穿着高跟鞋的保健室老师，一边撩着头发，一边摇曳生姿地走进了教室。

咦？

茉莉学院有这么漂亮的老师吗？而且，为什么保健室老师会在这个时候到我们班的教室来？

"是……是我……我跟白……保健室老师一起来的……"一个身穿黑色袍子，在教室里也戴着面具的人，不知道从哪个角落站了出来，小声说道。

"阿澈，没想到你也在啊！"白小侠爽朗地对那个怪人打招呼。

风间澈？

我看了一眼因为臭味而离开教室的人，还有不少人已经拿出手机在拍照了。

天啊，校园"三怪"出现在同一个地方，我已经不敢想象之后的场面了。

"这位同学，你身上的这个味道……"保健室老师看了华罗英一眼，夸张地瞪大了眼睛，脸上一副不可思议的神情，"你身上的这个味道是突然之间才出现的，还是一直就有？"

"就……就在刚刚……"华罗英看着保健室老师，愣愣地说道。

"天啊，没想到让我看到了真实的案例！我的运气简直太棒了！"保健室老师扑

扇着长长的睫毛，一边捏着鼻子，一边打量着华罗英。

"怎么了？"华罗英一脸紧张。

"我曾经在国外的一次学术交流会上，听到一位超有名的老教授说起一个案例，跟你一模一样，也是突然之间身上散发出奇怪的味道，而且医院根本检查不出来。"老师带着夸张的表情说道。

"那……那怎么办？我身上不能一直有臭味啊。"华罗英额头上的汗一下子掉了下来，他向老师走近几步，老师吓得迅速后退了几步。

"对不起啊，这位同学，因为那位教授还不确定这种病是不是传染，像老师这样漂亮的人，是不想染上臭味的……"保健室老师的脸上充满了歉意。

"哄——"

听见教室外面的人发出一阵声音，然后可以清楚地看见，在周围看热闹的人瞬间消失了好多。

"我……我没有传染病！"华罗英大声喊道，但是脸色惨白得好像马上就要晕过去了一样，"我现在很不舒服，你们谁帮我拨打急救电话？"

"这位同学，我觉得现在叫急救车，还不如你自己走去校医院呢！我们茉莉学院校医院的医疗水平也是全国一流的哦，不管什么疑难杂症，都能治疗！"白小萌笑嘻嘻地说道。

"对……对……"

华罗英听到提醒后，立马跑出了教室，他经过的地方，留下一路的恶臭，而所有人看着他，都像是怕被传染一样，一脸嫌恶地躲开了。

我没想到，喜欢死皮赖脸纠缠我、挑衅我，以制造跟我的绯闻为荣的华罗英，这么快就退场了。

他出场突兀，退场也退得突然，不过……

"老师，华罗英没事吧？"

虽然很讨厌华罗英，但是知道他可能得了什么稀奇古怪的不治之症，我还是有些担心。

"哈哈哈！"听了我的问题，除了我，还有戴着面具不知道笑没笑的风间澈，所有人都忍不住笑了起来，就连一直都是冰山脸的杜重，嘴角都微微勾了起来。

"露娜同学，穿制服的你跟穿着红色洋装的你一样可爱啊！"老师微微弯下腰，摸了摸我的头。

"老师……您认识我？"我有些不解地问道。

"好啦，白小梦，你不要再捉弄露娜了！"白小侠说道。

白小梦？

白小梦不是跟我一个年级的白小萌的表姐吗？上次我在白家看见的她绝对不是这个样子啊。

难道是我的记忆力出现了偏差？

到底哪里出错了？

我想问得更仔细一些的时候，保健老师……不，白小梦看到一个黑色的身影似乎想从教室里溜走，她大喊起来："风间澈，你给我站住！我今天一定要摘下你的面具——"

"你没看错，白小梦的超能力是千面伪装，她能变成任何人的样子，并且保证天衣无缝，所以你一定不能得罪她，否则后果会很惨的。"白小侠看了一眼白小梦，然后郑重地在我耳边提醒道。

而一旁的白小萌也笑着摸了摸头："那个……露娜，华罗英身上的臭味是我弄出来的……"

"什么？是你……"害怕说得大声引起其他人的注意，我下意识地捂住了嘴巴，然后钦佩地打量着好像洋娃娃一样可爱的白小萌。

原来白小侠的妹妹也有超能力啊……

不过，她的超能力居然是把人变臭？

"杜重，我这次好像又能弄出新的臭味了！"白小萌激动又开心地回过头对杜重说道。

杜重点点头，摸了摸白小萌的头发。

然后，我感觉我的头也被人摸了……

我微微偏过头，看见白小侠学着杜重的样子，摸着我的头发。

"你在做什么？"我一头黑线地问道。

"阿重是我们当中唯一有恋爱经验的啊，我在跟他学习！虽然你已经很喜欢我了，但我还是要好好学习情侣之间交往的经验，好让你更喜欢我啊！"白小侠理所当然地说道。

"好了，这些事情往后缓缓好吗？"晴明推了推鼻梁上的眼镜，正色道，"露娜，现在我们面对的问题是如何应对华罗英。既然他已经来到了茉莉学院，我觉得他一定不会善罢甘休的。虽然不知道他来这里的目的是什么，但我知道，他的目的绝对不是向露娜表白这么简单。"

晴明的话提醒了我。

我还记得，我的名主播爸爸曾经评价过华罗英，说他野心很大，虽然当时他才上中学，但还是能利用自己身边的优势，达到自己的目的——对我也是，因为他立志成为一个能掌控媒体风向的人，所以一直在讨好我爸爸，并且用各种手段引起我的注意，说喜欢我，其实也只是为了近水楼台，得到爸爸手中的资源吧。

"管他呢，天塌下来也有杜重和哥哥顶着。露娜，你不用怕，要是华罗英再来欺

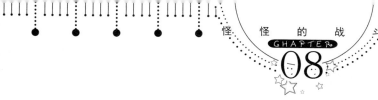

负你，我一定会让他身上散发出10倍臭鸡蛋加臭肉的味道，让所有人都不敢靠近他！我晚上回去就练习制造这种臭味！" 白小萌走上前，握住我的手，对我说道。

"我会让他后悔来这个学院……"杜重冷冷地发表自己的意见。

"露娜是我的女朋友，我发誓，一定会好好保护露娜的！"白小侠也热切地看着我。

"大家……"看着眼前流露着善意的伙伴，我的眼眶忍不住热了起来，"谢谢你们……"

感动归感动，但我还是不能把他们牵扯进来，尤其是超能力家族的人员。万一他们的能力暴露了，就会被华罗英盯上大肆宣扬的。

如果超能力家族的秘密因为我而被公开，如果因为我而害白小萌还有白小侠陷入舆论风波和其他的危机中……

不，我要杜绝这一切。

"你们的心意我接受了，但是我不能让你们受到威胁。我对华罗英有一定的了解，虽然不知道他的目的是什么，但是一定有什么阴谋……"

"好了，就这么说定啦！我们一定会帮助你的！"不等我说完，白小萌就伸出手，把我的手放在她的手心里。

白小侠的手也覆上了我的手背，接着，杜重、晴明也加入进来。

"谢谢……"这一下，我的眼泪真的流出来了。

2.

可能华罗英真的被吓坏了，那次臭味事件之后，我就再也没在学校看见过他。我

原本为超能力家族担心紧张的心情，也慢慢放松下来。

没有了华罗英的校园生活，似乎渐渐显露出它有趣的一面，而我也更加能感受到茉莉学院这个学校的包容性——没错，即使在经过了校报还有虚假消息的轰炸，所有人都还是对我和白小侠抱以祝福。

"露娜同学，你做得没错，那种在报纸上炫耀幸福的人活该单身。"一个身材矮小的男生看到我的时候，义愤填膺地对我说。

"呵呵，宝石学院的人居然到茉莉学院抢人？露娜同学，你也要好好坚持自己的立场啊！"一个看上去好像是体育系的男生这样对我说。

"露娜学姐，华罗英长得那么丑，你才不会看上他的，对吧？"一个小学妹怯怯地问我。

"露娜学妹，你眼光真好，白小侠同学更适合你哦！我祝你们幸福！"一个学姐豪爽地对我说。

……

虽然感觉哪里怪怪的，但是大家能这样支持我，我心里还是有点儿小小的感动呢！

上次事情结束以后，白小侠再一次跟我提出约会的要求，不过这一次我事先确定好，约会场合绝对不会是展览馆之类的地方，而是一个新开的商场，据说今天有很好看的花车游行。

我看了看手表，发现离出门还有一点儿时间，便在客厅里的镜子前，再一次打量着身上的装束。

因为是在商场约会，这次我就挑选了比较活泼又略带休闲的衣服，一身天蓝色带着白色波点的及膝连衣裙，下面搭配着一双棕色的小皮鞋，即亲切又显得有活力；长长的头发绑成了松松的发辫，蓝色条纹的丝带在发梢的地方系了一个双层蝴蝶结，这

又让我多了一丝温柔的气息。

双层蝴蝶结会不会显得太过正式？或者把缎带换成稍微深一点儿的颜色？

就在我整理好准备出门的时候，一打开门，华罗英就站在我家门口，一只手抬起来，想要按门铃的样子。

"你来做什么？你的病好了吗？"我看着他，没好气地问道。

"我已经好了……不对，我根本没病，我跑了好多家医院，医生说我一点儿事也没有。直到昨天，我身上的气味才突然消失了……我觉得我可能是被人捉弄了，但是我想来想去，也只有……"他说着，上下打量了我一番。

我蓦地沉下了脸："所以你怀疑是我做的？明明是你先挑衅我，现在却站在我家门口怀疑我？"

虽然知道是白小萌帮我出的气，但是这种事情知道的人越少越好，我也不会大声嚷嚷，华罗英又没有足够的证据，所以我决定不管怎样，一定要当作什么都不知道。

"我那天只找过你……"华罗英说道。

"你找过我，就怀疑我害你？你转学到茉莉学院，我事先都不知道，就已经做好了随时陷害你的准备吗？华罗英，你是太看得起我，还是太看得起你自己了？"

我看了看手表，发现距离和白小侠会面的时间越来越近，这个时候我却还站在门口跟华罗英对质，心中的焦躁又深了好几分，说话的语气也越发严厉起来。

"好……好吧……是我错了……"

华罗英低下头，一只手插在裤口袋里，不知道在做什么，我只能看到一道红光一闪而过，快得像是我的错觉。

"你如果没事，我现在要出门了，能不挡着我吗？"我皱着眉头问道。

"露娜，能不能看在我们是青梅竹马的分上，接受我的道歉？"华罗英向我靠近了几步。

我似乎看见华罗英的右手握着什么东西，有意无意地靠近我放着手机的小包。

"道歉我接受，你要是真的对我感到抱歉，以后就离我远点儿！"我下意识地拿着包挡在了我和他之间，毫不留情地说道。

华罗英看了看我，脸上露出一个诡异的笑容，这个笑容让我想到了沼泽地里黏糊又湿冷的蛇。

"你要是没事，我就要走了……"我抑制住心中奇怪的感觉，再也不想跟华罗英在一起，关上门以后，直接从他身边走过。

"我觉得做不到呢，露娜，以后我们要遇上的事情一定还有很多……"华罗英在我跟他擦肩而过的时候说道。

等我走出几步以后，再回头看看，华罗英手中拿着一个黑色的小盒子，上面的红灯一闪一闪的，他笑着对我挥了挥手。

好诡异的感觉……

我摇摇头，搓了搓手臂，努力想要甩掉那种违和感。

露娜，你可不能因为一大早看见了讨厌的人，心情就变差啊，今天可是你跟白小侠的第二次约会，一定要打起精神来啊！

等我赶到商场的时候，离约定的时间已经过去十几分钟了。

还没到达约定的地点时，我打算拿出手机联系白小侠，谁知道在我抬起头四处张望的时候，却一眼就看到了人群中犹如天然发光体的白小侠。

白小侠穿着一条浅灰色的格子裤，带点儿修饰效果的裤子立刻把他的腿衬托得格外修长；白色的衬衫随意地扎进了裤子里，并且松松地露出了一小截，一条镶着细小钻石的黑色腰带若隐若现；色彩有些夸张的衬衫扣子，刚好抵消了白色衬衫中规中矩的感觉，他把扣子松开两颗，精致的锁骨让人一眼就移不开视线。

他坐在商场门口的喷水池边，并没有像周围的人那样低着头玩手机或者看书，他惬意地将身体向后仰，阳光照得他白皙的皮肤犹如一块上好的白玉，长长的睫毛微微颤抖，好看的嘴唇微微向上翘起，像是在享受着阳光。他身后的喷泉扬起的水雾，经过阳光的照射，在他身边形成一道小小的彩虹，一只白色的鸽子从他身边飞过，掉下几根白色的羽毛，那一瞬间，我好像看见了天使。

仿佛所有的人都因为这一幕而屏住了呼吸。

但这个人是我今天的约会对象，是我的男朋友！

带着一丝骄傲，我朝他走了过去。

不知道是不是我们之间也拥有心电感应这种东西，在离他还有十几步的时候，白小侠突然坐直了身体，朝我这边看了过来。

"露娜——"白小侠冲我挥挥手，露出一个比阳光还要灿烂的笑容，微风把他的头发吹得有点儿乱，但是谁在乎呢？

"对不起，等很久了吗？"我小跑过去，有点儿不好意思。

"为什么道歉啊？小萌说，约会的时候男生等女生是很正常的，你迟到一定是因为你要见我，所以花了很长时间打扮自己，我应该感到荣幸。顺便说，露娜，你今天也很好看啊！"白小侠很自然地说着令我觉得羞耻的话。

一本正经地说这些话，杀伤力简直太大了！

我的脸好像又要烧起来了。

"那么，我们开始约会吧！"白小侠微笑着向我伸出手。

迎着光，我看着白小侠，将自己的手递了过去。

白小侠的手干燥而且温暖。

3.

跟恋人在一起的感觉就是这么轻松又愉快啊!

这一天,我跟白小侠就像普通的情侣一样一起逛街,去游乐场,然后抱着爆米花和可乐看了一场3D电影,还在小萌推荐的一家叫恺撒花园的餐厅——据说是茉莉市最有名的五星级餐厅,吃了超级棒的牛排。

吃完牛排,从餐厅出来已经是下午两点半了。

白小侠牵着我的手,走过一条种满香樟树的街道,朝着市中心广场出发。暖暖的阳光洒在我和白小侠的身上,时光似乎变得特别缓慢,我感觉自己的心似乎要在这种安宁和甜蜜的气氛里融化了。

"露娜,今天中心广场会有来自不同国家的流浪艺人的即兴表演,下午我们的约会节目就是这个了……"

就在我悄悄看着白小侠的侧脸出神的时候,白小侠的声音让我清醒过来。

"啊?表演吗?好啊,我很喜欢……"

我连忙点头,瞬间,白小侠就开心得咧开嘴巴,露出八颗洁白的牙齿,给了我一个灿烂的笑容:"露娜喜欢我安排的活动,太好了!"

嗯,不止是活动,其实我也很喜欢你……

甜蜜的泡泡忍不住从我的心中飞出来,而我的脸颊也被阳光晒得发烫。

哎呀,怎么办?我感觉自己现在每一秒都比前一秒更幸福,但下一秒好像又会比现在这一秒更加甜蜜,好想就这样被白小侠牵着手走下去啊。

"吱——"

就在我沉浸在甜蜜中，不知不觉跟白小侠来到了中心广场的时候，广场中央一块还在播放着广告的巨大屏幕突然发出尖厉的声音，接着一些雪花点冒了出来。

所有在广场上的人都忍不住停下了脚步，放下了手中的事情，就连一直在问东问西的小孩也停止了说话。大家抬起头，看着广告屏幕。

我和白小侠也被那个声音吸引注意力，投去视线。

"吱——"

又一声响声过后，屏幕上出现了一个画面，好像是用手机拍摄的，所以显得很不稳定。

白色的橡木楼梯边上，一只穿着荧光粉的鞋子、头上的毛用粉红色蝴蝶结扎起的雪纳瑞出现了，它瞪着黑曜石一样的眼睛，一脸渴望地抬着头，像是在等着主人给它牛肉。它有些着急地扭着屁股，轻轻叫了一声。

"是广告吗？"

"啊，这只狗好可爱——"广场上有人大声感叹起来。

而我的脸色在看到屏幕上的画面后，瞬间变得惨白。

接着，一个棕色的木雕放到了地上，小小的雪纳瑞轻松地扛起来，并且将木雕放到了镜子前，开始摆造型，并且不时地冲着拍摄的人呜呜张嘴叫着，像是在交流一样。

"咦？雪纳瑞的力量有这么大吗？"有人发出疑问。

"应该……差不多吧？蚂蚁都能搬起比自己身体大10倍的东西，狗狗应该也差不多。"旁边的人迟疑地说道。

接着，雪纳瑞对着雕塑照镜子的画面让所有人发出了哄笑。

大家笑得很开心，但是我的心里此时一片冰凉，就好像北极一整年的雪全部堆在了我的心里。

怎么回事？

为什么我拍摄的阿白白的采访画面会出现在广场的屏幕上？

"是阿白白……"

身旁的白小侠仿佛看呆了一样，喃喃出声。

我的心脏顿时像被一只巨大的手抓住了一样，说不出话来。

我死死地盯着屏幕，希望接下来的画面能出现一些意外，或者是突然中止，但是，应该是我平时祷告的心不够虔诚，老天根本没有听见我的祈求，画面还在继续着。

雪纳瑞用小小的身体搬起几大袋狗粮，并且速度还很快，看到这一幕的时候，所有的人都震惊了。

"真是广告吗？不像啊，只是一般的家庭录像画质……"

"这只狗好神奇——"

"这不是普通的狗！一般的狗绝对背不起这么重的东西，并且速度还这么快。我是兽医，我知道！"

……

广场上已经有人看出了问题。

但是我知道，接下来发生的事情只会让人更加震惊。

要是我闭上眼睛，捂上耳朵，所有人都跟我一样，听不到也看不到就好了。

我绝望地转过头，只见白小侠也死死地盯着屏幕，他的脖子绷得紧紧的，下巴与脖子连成了一个好看的弧度，但是我一点儿欣赏的心思都没有了。

白小侠很紧张。

他紧握着我的手，我可以感受到他手心的潮湿还有颤抖。

我转过头，看到大屏幕上的雪纳瑞化成了一道闪电，就连它头上的蝴蝶结也在空中化成一道粉红色的线。

接着，雪纳瑞驮着一个像熊一样的成年人——脸部打了马赛克，依然也像是没有任何负担一样，从餐桌这边一下子跳到了那边，又从餐桌的那边跳到了餐桌的这一边……

"哄——"

看到这一幕，广场上像是瞬间点燃了无数鞭炮一样，但周围的人具体说了什么话，我一句也听不清。

我的眼里泛起了一层薄薄的水汽。

不是我……

这个视频不是我放出去的……

我说过一定会保密的，不会把阿白白是永恒精灵、阿白白和华丽家族其他人的能力曝光出去。

我转过头，想要这样跟白小侠说。

白小侠紧紧咬着牙，白皙的脸微微发青，他的眼眶有些红，身上散发着一股我从来没有感受过的气势。

"白小侠，这真的不是我放出来的。我也不知道这一段视频为什么会出现在这里，我发誓我都没有来得及传到电脑上……"

为了增加可信度，我掏出自己的手机，想要证明给他看。

明明早上还是满格电的手机，不知道为什么关机了，等我打开以后，手机屏幕里弹出了一条消息，却让我犹如坠入冰窟中——

"您已于9点18分成功将编号为0002346的视频转发其他设备。"

什么时候的事？

我一下子乱了手脚，眼泪也一下子流了出来。

"白小侠，我真的不是……"我举着手机，不知道该怎么解释。

白小侠接过我的手机，看了那条消息之后，脸色大变。

"露娜，今天的约会到此为止吧，我不能送你回家了……"

白小侠说完这句话，马上如同一阵风一样从我眼前消失了，而我却连手机都没能从他那里拿回来。

白小侠生我气了！

他在气我把阿白白的事情泄露出去。

看着白小侠消失的方向，我的心里难受极了。

他一定认为我是一个说话不算话的人，连自己说的话都没办法保证。

他现在连一秒钟都不愿意跟我站在一起，我们第二次约会就这样结束了。

心里某个地方像是被一个大锤子拼命地敲打着，心脏一阵阵难受。

害怕被白小侠误会，被他讨厌，也害怕泄露的视频给白小侠和他的家人带来危机和伤害……

种种情绪交织着，也让我无比明晰地了解了自己的心——我真的喜欢上白小侠了。

不是在白小侠跟我说交往的时候，而是在更早的时候……

也许是每天上课不自觉地看着他那些有意思、充满了奇思妙想的小动作的时候；

也许是在跟他进行你躲我追、不断斗智斗勇的时候；

也许是在我们第一次见面，我们毫无芥蒂地对视的时候，就已经种下了一颗小小的名为"喜欢"的种子。

如果不是喜欢，就算是为了重要的线索，我也不可能毫不抗拒地接受白小侠提出的交往请求——直接拒绝交往请求比交往之后被拆穿的风险可要大得多。

所以，我才会在白小侠开始规划我们的将来时，心里像是开满了一片花海。

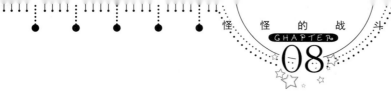

我真的很喜欢白小侠。

而我人生中第一个真正喜欢上的男孩，我不能让他误会我啊！

不管他相不相信，我绝对不会允许白小侠就这样继续误会我。

下定了决心，我走到马路上，随手拦住一辆出租车，报出了白小侠家的地址。

4.

这是我第三次来到白小侠的家。

第一次来了以后，白小侠跟我提出了交往；第二次来这里，则是得到了一直在追查的永恒精灵的真相；第三次……我也不知道最后的结局会怎样。

推开虚掩的木栅栏，我在白小侠家的小院子里看见了蹲在花圃边的阿白白。

阿白白摇了摇尾巴，张开嘴。

"嘘——"我用食指抵住嘴唇，冲阿白白摇摇头。

阿白白看着我，翻了一个白眼，然后又把头搁在了花圃上，继续晒太阳。

我轻手轻脚地走到房门口，不知道是不是主人太着急的缘故，居然连门都没有关紧。

我把门推开了一条缝，便能清楚地看到餐桌上的情景。

虽然还没到吃饭的时间，但是我认识的华丽家族的人似乎都坐在了餐桌旁。

白爸爸、白妈妈、白小萌、白小侠，还有在低头玩平板电脑、好像是叫白小葱的头戴青蛙帽子的天才少年，以及疑似是白小梦，但这次是像个洋娃娃一样娇小可爱的少女。

"儿子，今天你不是跟露娜约会吗？怎么这么快就回家了？被露娜甩了吗？"白

爸爸一脸严肃地说着让人无语的话。

"好可怜啊，出门约会就被甩……"白妈妈的声音中透露出一丝幸灾乐祸的味道。

"我就说哥哥情商太低，露娜一定是受不了了！"白小萌说道。

"白痴——"白小梦拉长了尾音讽刺道。

"才不是呢！"白小侠梗着脖子说道，"上次露娜来我们家拍摄的阿白白使用超能力的视频，今天我们约会的时候，居然在广场上看到了！"

听到白小侠说出真相，我的心脏瞬间跳到了喉咙口——华丽家族的人会怎么看我？肯定会认为是我言而无信的骗子，辜负了他们的信任吧？

泪水开始在我的眼睛里打转，不料——

"不可能！露娜不是说只是自己看吗？我相信她不会背叛我们的。还有，哥哥，你不会因为这件事情就把露娜丢在广场，自己一个人回来了吧？"白小萌的声音中透露出不可思议。

我的眼泪似乎被什么东西固化了。

"什么？你丢下约会中的女朋友一个人回来？儿子，爸爸平时可不是这么教你的！"白爸爸粗着嗓门说道。

我心中的伤痛好像少了那么一点儿。

"我简直不敢想象露娜被你抛弃以后的无助感，我可怜的露娜啊……"白妈妈一边捂着眼睛，一边顺势倒在了白爸爸的怀中，"要是爸爸这么对我，我一定把他装进水球里，放在最热闹的广场上，让人参观。"

呜呜呜，白妈妈，我以后一定会和小侠一起好好孝顺您的，等等，我是不是想得太远了？

"所以，现在的重点不是我跟露娜怎么样了，而是阿白白是超能力狗的事情被泄

184

露出去了呀！我为了这件事，可是放弃了约会啊！"面对家人的责备，白小侠有些抓狂地说道。

"不会啊，我觉得小侠你的感情才是重点呢，我们一直认为你跟一个异形标本过一辈子的可能性很大，所以露娜出现以后，大家把这件事请当成头等大事来对待……"白小梦冷冷地说道。

"对啊，小侠，你跟露娜的事才是大事呢……"

其他人也跟着附和。

原来大家都没有讨厌我，反而担心被小侠丢下的我。

我眼中因为惊讶而凝固的眼泪又开始颤动，似乎要化作一片汪洋，肆虐我的脸庞。

我本来以为，出现了这种事情，华丽家族的人应该会骂我，指责我，说我不遵守约定，是个无耻的泄密者……但是我没有想到，明明应该被指责的我，却受到了大家的爱护。

只是见过几次面而已啊……

虽然明白他们对我好可能只是因为我是白小侠的女朋友，但就是这样毫无立场、绝对偏心的维护，才让我紧张又惶恐的心暖暖的，像是冬天喝了一杯巧克力奶茶一样温暖香甜。

"大家都很喜欢你哦——"一个声音在我的耳边响起。

我低下头，阿白白用后腿弹了弹耳朵，眨着眼睛看着我。

"我都看见了哦，小侠可是用超能力把小葱从家里拽了过来，应该是要找他帮忙的……"阿白白还想说什么，这时候却从房间里传来白小葱的欢呼声。

"找到啦！通过露娜的手机，我查到了被侵入的痕迹，根据这个线索，我顺藤摸瓜找到了一个IP，你们猜这个IP地址的主人是谁？"白小葱略带神秘地说道。

"这时候装什么神秘，快点儿说！"随着"砰"的一声，白小梦说话了，随后传来的是白小葱呼痛的声音。

"IP的主人是一个叫华罗英的人……我查出来是他用了什么设备侵入露娜的手机，然后复制了里面的资料，这次的视频泄露估计跟他有关……"白小葱揭示了真相。

华罗英！

原来是他！

我的心中燃起了愤怒的火焰。

我就说，以他的小肚鸡肠，怎么可能会突然上门找我道歉？

原来他早就计划好了，在我家门口给我下了圈套——这么说来，早上他在裤兜里鬼鬼祟祟地摸来摸去，其实是在操控盗取他人手机信息的设备？

太卑鄙了！

我咬牙，握紧了拳头，然后轻轻关上了白小侠家的房门，退了出来。

已经没有必要再担心别的问题了，为了感谢大家对我的维护与信任，接下来的事情就由我露娜来完成吧！

我，露娜，赌上我"传说狩猎者"的称号，要向卑鄙的窃密者华罗英宣战！

"加油！"

走出前院，关上木栅栏的前一秒，我听见阿白白这样跟我说。

怪怪的守护
CHAPTER
09

非凡华丽家族之
永恒精灵

1.

离开白小侠的家后，怀着满满的感动，我开始思考下一步的计划。

不管怎么说，事情的起因还是因为我的好奇心，拍下了视频，才让华罗英有了可乘之机，虽然里面没有暴露出我的声音，但是阿白白的超能力已经被大家知道了。

发生了这样的事情，这个责任本来应该由我来承担，但是白小侠的家人对我连一句责备的话都没有，反而还担心我受到打击。

"唉……"

我趴在书桌上，深深地叹了一口气。

虽然已经夸下海口，说要跟华罗英宣战，但是就目前而言，我却连头绪都摸不到。华罗英已经将视频上传到网上，每一分每一秒点击率都在增长，我真的不知道怎么办了。

"咚咚咚——"突然响起了敲门的声音。

我回过头，看见晴明正端着一盘水果走进来。

"露娜，晚上看你没怎么吃饭，是遇到什么问题了吗？"晴明把果盘放在我的桌上，问道。

我皱了皱眉头，想了想，决定问问晴明该怎么做。

"晴明，有件事我想征求一下你的看法。比如说，你得到别人的允许，拍摄了一段视频，结果视频被坏人拿走了，这个坏人又把视频公开，结果让别人的生活受到了

影响……你要怎么做？"

"当然是及时补救啊，既然这件事是因为你而起，不管怎么样都应该做出补偿的。"晴明丝毫没有停顿地回答道。

"对啊，我就是这么想的……"话刚说出口，我猛地睁大眼睛，"不对，这件事不是我……"

我支支吾吾，但在对上晴明了然的目光后，顿时语塞了。在这里世界上，最了解我的人不是我自己，而是像哥哥一样一直守护着我的晴明。

"没错，捅娄子的人就是我，我现在不知道怎么办了……"

如果白小侠和他那帮可爱又善良的家人因为视频的曝光而受到无法弥补的伤害，那我真是罪不可恕。

"有我在，什么都不用担心。露娜，把水果吃完，我跟你一起制订计划。"

晴明似乎已经看出我此刻紧张又悲伤的心情，他没有多说什么，而是像之前无数次我遇到麻烦时表现出来的一样，轻轻地拍了拍我的肩膀，用笃定的语气对我说。

"晴明，我是不是太没用了……"听到晴明安慰的话语，我低下头，因为感动，眼睛再一次变得湿润。

为了掩饰自己的情绪，我不敢抬头，用叉子叉起一颗草莓放进嘴里。

酸酸甜甜的味道如同晴明给予的关心一样，让我绷紧的神经一下子放松下来了。

"如果你想靠自己的力量去完成一件毫无头绪的事情，那么成功的概率是0；如果有可以商量的人，成功概率会上升一半。露娜，就像你说过的一样，你把我当成哥哥，当成家人，而你和你的爸爸妈妈，在我心里也是我的家人。所以，无论遇到什么事情，家人就是你的依靠，知道吗……"晴明慢慢地说道。

"我知道了。谢谢你，晴明。"

我吸了吸鼻子，对上了晴明温和又亲切的眼神。

"那把你遇到的事情告诉我吧。趁现在事态没有变得太严重，我们一起想出解决的办法。"

晴明的话让我恍然大悟，的确，趁着那个新闻没有大肆传播，趁着现在还有很多人没有确定视频的真实性，我还有机会挽回自己的错误。

已经传播出去的视频没办法撤回，但是将对华丽家族的伤害和影响降低到最小，这才是我应该努力的方向。

定了定神，我向晴明说出了白小侠家族超能力的实情和永恒精灵阿白白的采访视频被盗的经过。

"就是这样？"听了我的叙述，晴明用"今天天气好吗"这样的口气问道。

"就……就是这样……"

我愣了愣，呆呆地回答。

晴明，你的态度是不是有点儿不对啊？

我刚才说的可是一个有关于超能力的故事，而且还是我们追踪已久的答案啊！传说狩猎小分队出动了这么多年，终于找到了一个真实案例，而不是那种以讹传讹的传闻，你就不能表现出一点儿兴奋的样子吗？

"你……"可能是我的情绪太过外露，晴明看着我，有点儿头疼地揉了揉额角，"你不要忘了，你之前所有的资料都是我搜集的啊，而且，关于白小侠的家人有超能力这一点，他早就跟我坦白了……其实他不说，我也隐约感觉到了……"

"等等！白小侠跟你说了？他什么时候跟你说的？"

我吃惊地打断了他的话。

"就是有一次，他用超能力帮我拿来了我忘在教室里的手表……"晴明平静地回答道。

什么？

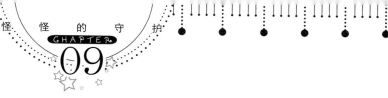

你早就知道了？

所以说，我之前在你面前装作若无其事的样子，帮着白小侠遮遮掩掩，以为自己做得很好，谁知道你根本不在意。

"好了，不要在意这些细节，我们现在应该讨论的是怎样从华罗英手中拿回你那份视频。"晴明挥了挥手，让我不要太在意。

对，现在可不是兴师问罪的时候！

"我是这么想的……"

我将晴明拉到我书桌边的地毯上坐着，和他讲了我的计划。

其实计划很简单，无非就是潜入华罗英家里，将那份视频或者其他备份资料都删掉。

因为华罗英这个人城府很深，他目前发布出的那段视频并没有人声，也只截取了一小段，他可能是想吸引一定关注后，再慢慢放出更具话题性的新闻来。

"要不我利用去华罗英家里做客的机会，顺便将视频毁掉？"我提议道。

"不行。"

晴明听了我的计划，一口否决掉。

"为什么？我觉得我的计划很完美啊！"我不满地说道。

"万一华罗英对你寸步不离，你要怎么甩开他？我可不认为华罗英会傻到把存视频的地方指给你看。"

好像也对哦……

"那该怎么办？"我瞪大眼睛看着晴明。

"既然华罗英是用黑客手段将你的手机资料复制，那么存放资料的地方一定是在电子设备或者移动存储设备里面。既然这样，只要华罗英不在家里，我们就能偷偷潜入他家，将所有可能存储资料的设备都毁掉。"晴明说道。

　　"对哦！既然这样，我把华罗英约出来，然后你潜入他家搞破坏就行了！"我拍着手说道。

　　既然计划已经制订好，那么就马上实施吧！

　　我拿出手机，将那个已经被我丢进黑名单里的名字重新找了出来，然后拨打过去。

　　"露娜，有什么事吗？"电话刚拨完，马上就接通了，华罗英的声音从手机里传了过来。

　　"华罗英，听伯伯说你现在住的地方种了很好看的粉蓝色蔷薇，我能过去看看吗？"我强忍着摔手机的冲动，用温柔的声音说道。

　　"你难道没有看电视吗？"

　　华罗英的声音从手机那头传来，似乎有些惊讶。

　　"什么电视？今天我觉得不太舒服，就睡了一天……需要我去看电视吗？"我没有看电视，但是我看了广场上的视频算吗？

　　"哦……不，不用，你什么时候过来？"华罗英似乎很慌张，但是又很快恢复了。

　　"明天可以吗？明天晴明要去学习班补习，我会拜托司机叔叔送我过去。"如果可以，我想今天晚上就去毁了那段视频。

　　"好啊。"华罗英的心情好像变得很好，满口答应了。

　　挂了电话，晴明对我竖起了大拇指。

　　我得意地挑了挑眉毛。

　　华罗英，希望到了明天，你不要被我打击得哭出来啊！

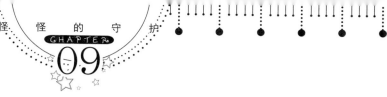

2.

第二天。

我找出了一件自己很喜欢的衣服，但是穿上的时候不是很开心。

鹅黄色的小洋装，小碎花打底，裙摆是一层一层的，到了腰部，腰后的蝴蝶结下方，层层叠叠的蕾丝恰到好处地倾斜而下，显得华丽又不失可爱。上身则是简单的白色衬衫搭配鹅黄色的裁剪干练的小马甲，只在衬衫袖口的地方用跟裙子同色的缎带做了点缀。

我撇了撇嘴，镜子里的我也是一脸的不高兴。

这条裙子连白小侠都没有见我穿过呢，真是便宜华罗英了。

我拿起小包，检查了要带的东西，踏上了去往华罗英家的路。

因为跟晴明制订好了方案，为了表现出真实性，晴明特意提早出门，然后从小路绕到了华罗英家附近潜伏好。而我则在身上放了一个跟踪器，晴明能从仪器上看到我的方位，而我今天的任务就是分散华罗英的注意力，并且紧紧地跟着他，给晴明制造潜入的机会。

我站在华罗英家的大门口，深深地吸了口气，耳边耳钉造型的微型通话器里传来了晴明的声音："露娜，我已经到达了华罗英家的房顶，到时候你只要缠着他在一楼活动就好了。"

我轻轻地敲打了两下耳钉，表示我已经知道了。

"露娜，这么巧，我们还真是心有灵犀啊，我刚想着出门迎接你，你就已经站在了我家门口。"

就在我想着敲门的时候，华罗英却打开了门，侧着身体，一只手开门，另一只手捂着胸口，超级夸张地说道。

我尽量控制住想要在他脸上揍一拳的冲动，对他露出了一个笑容。

"天啊，露娜，你今天特别好看，难道是因为你只为我一个人展现笑容吗？"华罗英张开嘴巴，无比陶醉地说道。

简直够了啊！你能不能闭嘴啊！你再说下去，我昨天晚上吃的饭都要吐出来了——虽然很想这样对他说，但是为了我们的计划，我还是忍耐了。

"露娜，我现在已经潜入华罗英的卧室，接下来你一定要稳住他。"耳机里传来晴明的声音。

好了，战斗正式开始。

"华罗英，虽然你的赞美让我很高兴，但是你打算让我什么时候坐下休息一下呢？"我不经意地看看天空，装作一副弱不禁风的样子，用手背擦了擦根本不存在的汗。

"对不起，是我失礼了。"华罗英欠了欠身。

我走进房子里面，抬头看了看天花板，三楼的这个方位是华罗英的卧室和书房，晴明应该正在那里找我需要的视频。

"请坐。"华罗英指着客厅中央的沙发，端着一壶茶走了过来。

客厅里空荡荡的，只放着沙发和茶几，好像主人根本没有要住进来的意思。再仔细看看，客厅顶上，莲花造型的水晶灯上覆盖着一层薄薄的灰尘。

好像有点儿不太对，这根本不是华罗英的风格啊！

以我对华罗英的了解，他是个酷爱巴洛克风格的人，住的地方一定要豪华到极致，用他的话来说——"太简单的地方，我光是站在那里一分钟，都要起疹子呢……"

"嗞……露娜……不好……嗞……"耳边的微型耳机像是坏掉了一样，晴明说的话断断续续，根本不知道他在说些什么。

是发生了什么事情吗？

我有点儿不安地将视线转移到了楼梯间。

"华罗英，你真的住在这里吗？这里好像不是你的风格啊……"我压下心中的不安，笑着问华罗英。

华罗英在我旁边的沙发上不动声色地坐了下来，然后慢条斯理地倒了两杯红茶，并且在里面放上了3勺炼乳，搅拌均匀了以后递给我。

"对啊，我怎么可能住在这里？这里是专门为你跟晴明准备的呀。"华罗英轻轻吹了吹红茶，然后惬意地喝了一口。

"什么意思？"

听到他话里有话，我的心突然剧烈地跳动起来。

华罗英"啪啪"地拍了两下手，墙壁上方突然落下了一块幕布，身后的投影仪也开始了工作，一段画面出现在了幕布上。

从画面上看，是一个简陋的卧室，几个简单的组合柜，上面放着一台笔记本电脑，一个我叫不出名字的机器闪着红光在运作着。

整个房间被一个铁笼笼罩着，在铁笼的一个角落，一个蓝黑色的影子静静地趴在地上，一动也不动。

这个身影好像是今天早上看到的，晴明穿的衣服的颜色……

"晴明——"我"腾"的一下站起来，忍不住惊讶地喊了出来，"卑鄙的家伙，你故意设陷阱等我们自投罗网！你把晴明怎么了？"

我看着华罗英，愤怒涌上了心头。

他笑得一脸得意，而我却恨不得直接冲上去撕掉他那张可恶的脸。

"我亲爱的露娜，你放心，晴明还很好，我只是用了一些对付小偷的道具而已，一个小时以后他就会醒过来，不会对身体造成负担的。而且我没骗你们啊，我的秘密基地的确是在这里啊。"华罗英毫不掩饰脸上阴谋得逞的喜悦。

"你想要怎样？"晴明已经被华罗英抓住，现在唯一能救他并且能改变现状的就只有我了。

在经历过一开始的惊慌失措之后，现在的我内心居然很平静。

是我大意了，我低估了对手的狡猾和卑鄙，急于平息事态的我，轻易上了华罗英的当。

"要怎样？我要什么，难道你还不知道吗？"华罗英停止了笑，突然凑近了我，在我耳边说道。

他的气息扑在了我脖子上，让我感到一阵恶心，我愤怒地推开了他，后退了几步。

我的动作让华罗英得意的表情僵住了，但很快，他又恢复了正常，语气中带着猖狂和得意，说道："如果你不想看见晴明被当成小偷让警察抓走，就马上跟那个白小侠分手，然后跟我在一起！"

说着，华罗英像是陷入了某种狂热中，眼中是压抑不住的激情："那个白小侠有什么好？跟我在一起，我们能一起创造出梦想中的新闻帝国！"

"那是你的梦想，不是我的！"我有些愤怒地说道。提出这种要求的家伙真是可耻！

"那有什么问题？只要你现在有这个目标，你爸爸一定会帮你实现的。那么，现在开始选择吧，你是选择让一直照顾你的晴明哥哥被警察抓走呢，还是现在当着我的面跟那个白小侠说分手？"

我都不想要！

但现在是二选一……

晴明还有白小侠……

我痛苦地闭上了眼睛。

跟白小侠在一起的时光不停地在我脑海中盘旋着。

第一次见面时，看着我不眨眼睛的白小侠；

在废弃大楼，站在闪电下的白小侠；

在课堂上做着奇怪的小动作的白小侠；

会毫不掩饰说喜欢我的白小侠……

但是我又不能抛弃晴明啊！从小就像亲人一样一直守护在我身边，他就像是古代的骑士一样，忠心、温柔，能满足我一切愿望，不管我做什么事情，永远都只是默默守护在我身边；不管我要做的事情是不是正确，只要我有需要，他一定会站出来，帮我处理好所有我可能会遇上的问题。

虽然晴明一直把自己放在我家管家的位置上，但不管是爸爸妈妈，还是我自己，早就把他当成了亲人。

晴明就是我唯一的哥哥啊！

5岁那年我遭到了绑架，晴明为了保护我也跟着一起被坏人抓走了，我们被关进了小黑屋的时候，是晴明一直安慰我，并且用牙齿咬断了我手上的绳子，帮助我逃了出去。

等我带着爸爸还有警察赶过去救晴明的时候，他早就被坏人打得昏迷过去。

从那以后，我就发誓，绝对不会再抛下晴明第二次了。

是救晴明，还是跟白小侠分手……

一想到"分手"这个词，我的心就像是被刀绞过一样。

"怎么样，想好了吗？"华罗英拿出一部手机，不怀好意地在我面前晃了晃，

"你有3秒钟的时间考虑。"

"1——"华罗英在手机上按下了一个"1"字。

"我会给白小侠打电话……"我一边说着，一边流下了泪水。

我看到了华罗英脸上胜利的笑容。

我拿出了手机，颤抖着手按下了那个烂熟于心的号码。

"露娜，你现在打电话给我，是想说你想我吗？"白小侠轻快的声音从手机里传了出来。

华罗英听了，冲我挑了挑眉，然后把手指放在了手机上"1"字键的位置。

"白小侠，呜呜呜……"听到了白小侠的声音，我更加抑制不住悲伤，抱着手机大哭起来。

我不想跟他分手。

一想到以后白小侠会用这种声音跟别的女孩说话，我的心就痛到好像要裂开了一样。

"露娜，你……你怎么……谁欺负你了？"白小侠的声音中透出一丝惊慌。

"白小侠，我好难过……一想到你以后都不会跟我说话，我就觉得心好痛……呜呜呜——"

我抬起头，看到华罗英双手抱胸，一脸似笑非笑的表情看着我。

"我……我以后不会跟别的女孩子说话的，我只跟你说话啊，你别哭了……"

尽管没看见白小侠，但是一听到白小侠说话的口气，我似乎能看到此时的他手忙脚乱地接我的电话，绞尽脑汁安慰我的样子。

"白小侠，你说过，不管我在哪里，你都能在3秒钟之内找到我吗？"我一边抽噎着一边问。

"是的。"电话那头，白小侠说道。

"那么，我要你3秒钟之内马上到我的身边来，我在……"我报出了华罗英家的地址，然后挂了电话。

没错，我不想跟白小侠分手，也不会放弃晴明。

这才是我露娜的性格，要是跟白小侠分手，即使华罗英遵守诺言，放过晴明，晴明也一定会因为这件事对我充满内疚。

所以——

趁着华罗英分神的一瞬间，我纵身向他扑了过去。

本以为会出其不意地抢到他的手机，但是这一次我估算错了。

华罗英看见我扑过去的一瞬间，快速躲过了我，我一时没有办法收住力，直直地扑倒在地上。

我的手心传来一阵火辣辣的疼痛。

我抬起手腕，手心一块皮被蹭掉，大颗大颗的血珠从破皮的地方渗了出来。

"看来你已经做出了选择，被你抛弃的晴明还真是悲哀呢……"华罗英站在我身边，垂下眼帘俯视着我。

"我明明给过你机会的，我会把你的选择告诉他，祝他在警察局过得愉快。"华罗英微微勾起唇角，像是故意要让我看清楚一样，弯下腰，然后按上了手机键盘上的"0"键，接着就要按下绿色的通话键。

"白小侠，快帮我拿走他的手机——"情急之下，我忍不住大喊起来。

我的心脏扑通扑通直跳，生怕因为我一时的决定，做出了让自己后悔一生的事情。

"好的，既然你都这么说了……"一阵风吹过，白小侠特有的轻快声音在空旷的客厅里响起。

像是被施下了某种能迷惑人眼睛的魔法一样，原本还趾高气扬的华罗英被一股力

量打到了墙角，而我则被抱到了沙发上。

白小侠拿着手机，看也没看一眼，直接丢到了地上。

"白小侠……"看到白小侠果然如约出现，我紧绷的心终于松了下来，随之而来的是止不住的委屈的眼泪，"华罗英把晴明关了起来，还威胁我跟你分手……呜呜呜——我的手也因为他流血了……"

自己明明不是一个爱哭的人，但是这一刻不知道为什么特别想哭。大概是知道终于有人能让我放下心防，全身心地去倚靠了吧。

"我……就算你跟我说分手，我也不会分手啦！小萌说，分手这件事从女生口里说出来，男生要是相信了就是笨蛋……"白小侠轻轻地拍着我的背说道。

"噗——"听了白小侠的话，我忍不住笑了出来。

白小侠好奇地看着我的脸，在我被看得不自在的时候，他突然靠近了我，然后伸出舌头舔了舔我的脸。

"扑通——"我的心脏猛地跳动一下。

"你——你——"

我赶忙捂住脸，一脸震惊地看着他。

我的脸上还保留着刚刚那一点儿温热又柔软的触感。

"咸的，好苦！"白小侠皱着眉头说道，"妈妈说，女孩子受到了委屈，觉得不开心的时候，眼泪就会变得很苦。所以今天让你的眼泪变苦的坏蛋就是他了？"白小侠指了指被扔在角落里、大脑可能还不是很清醒的华罗英。

"嗯……"我点点头。

"哼，让你哭的人，我是一个都不会放过的！"白小侠皱着眉头，突然生气地说道。

还没等我反应过来，白小侠一步步走近华罗英，然后突然消失不见了。

我定睛一看，原本在角落里呻吟的华罗英，也跟着白小侠不见了踪影。

尽管知道白小侠有着让人惊叹的闪电超能力，但是不管看几次，这种超人的能力都能让我一次又一次惊叹。

"其实要拿回录像带有很多种方法啦，你没必要一个人来这个坏蛋家里的。"耳边突然传来白小侠的声音。

还沉浸在思考中的我捂着胸口，吓了一跳。

"你……你怎么知道我是为了拿……"我惊讶地看着他。

"阿白白说，上次我们开会的时候，你站在门外偷听到了，妈妈和小萌还因为你不进去有点儿伤心呢……"白小侠撇撇嘴，然后用极小的声音说，"你明明是我的女朋友，为什么她们表现得比我还要喜欢你啊……"

"对不起啦……"

我低下头，讨好地拽了拽白小侠的衣角。

"反正下次不准你一个人做这么危险的事情了！"白小侠看着我，严肃地要我保证。

"我不是一个人，还有晴明……对了，晴明还被华罗英关在3楼的房间里，晴明晕倒了！"

一想到晴明，之前华罗英故意让我看到的晕倒在地上的晴明就浮现在我的脑海里。

我因为看到白小侠出现太激动了，居然忘记了晴明还不省人事地躺在冰冷的地上……

"好吧，我们去当公主拯救骑士殿下吧！"像是看出了我的自责，白小侠突然抱起了我。

"啊——"突然的重心不稳，让我忍不住叫出了声，"你……都不提醒一下

201

吗？"

"要是提醒你，你就不会这样紧紧地抱住我了呀。"白小侠眨了眨眼睛，一脸无辜地说道。

这时我才发现，不知道什么时候，我的双手已经紧紧地搂住了白小侠的脖子，连我们脸颊之间的距离也变得十分近，好像能隔着空气感受到白小侠身上的热度。

之前所有想要抱怨的话，在这一刻却一句话都说不出来了。

"走了——"没等我想太多，白小侠这样说道。

一眨眼的工夫，我们就已经到了我之前在屏幕上看到的关着晴明的房间。

房间的门并没有关，但是里面被一道铁门锁得死死的，而且铁门的锁也并不是普通的铁锁，而是需要指纹还有虹膜加密码三重验证才能打开的密码锁。

"嘀嘀嘀——警报，密码输入错误超过三次，密码锁会自动锁死，请看清楚再输入。"

我冲过去，胡乱地按着密码，想要把铁门打开，但是随便输入的下场便是机械声的警告。

"露娜？"从铁门内传来晴明有些沙哑的声音。

"晴明！晴明，你怎么样了？"因为房间里的光线太暗，站在外面的我根本看不到里面的状况。

"我只是吸入了一些麻药，没有事，这里好像是存放华罗英搜集的一些资料的地方，但是这里面的设备都有密码，我没有办法解开……"晴明说道。

"晴明，你现在站在门口吗？"站在我身边的白小侠突然开口。

"没有。"晴明轻轻地说道，"是你帮了露娜吗？麻烦你了。"

"哼，露娜是我的公主，当然有我来保护，那么晴明骑士，请你站开一点儿，我要开门救你出来了。"白小侠轻哼一声，然后凑近密码锁，看了一眼，伸手一摆弄，

看上去超级厉害的锁居然打开了。

"好厉害！"我崇拜地看着白小侠。

"这种初级锁，我小学三年级的时候就已经能一分钟开三个了……"虽然嘴上说得不屑一顾，但是白小侠闪亮的眼睛出卖了他此时的心情。

"吱呀——"

铁门被打开，晴明惨白着脸，一摇一晃地从房间里出来。

"白小侠，里面的设备密码你可以解开吗？我们还要找到设备里面的视频……"晴明轻咳一声问道。

"嗞嗞——"

白小侠的手心里冒出一小簇闪动着的闪电，这簇闪电像是见到了主人的小狗一样，愉快地绕着白小侠的手指绕了一圈，然后亲昵地蹭了蹭白小侠的手心。

"这……这团闪电成精了？"我瞪大眼睛看着白小侠的手，一直都自诩是"传说狩猎者"的我，又忍不住想要上去摸一摸。

"噗——"那团闪电在我摸上去之前化成一条细细的线，然后钻进了房间里闪着红光和绿光的机器里面，接着，整间房间里的机器都发出了奇怪的声音，然后金色的电流像一道金色的网，在机器表面细细密密地铺展开来，连房间里的灯都因为这道诡异的电流而变得明明灭灭。

"扑哧——"

最后，所有的机器都从机壳里冒出一阵黑烟，一股浓烈的塑料烧煳的味道弥漫在整个房间里，之前闪烁的机器灯也全灭掉了。

"这……"

我刚想问清楚白小侠，他到底对这些机器做了些什么，但是白小侠一脸惋惜地摇了摇头。

"这家人还真倒霉啊，所有的电器居然都被闪电击中了，这么多设备，里面一定存了很多资料，但是现在连修复都没有办法了……"

看着一本正经说着瞎话的白小侠，我忍不住捂着嘴笑了起来。

"嘶——"因为捂嘴的动作牵扯到伤口，我忍不住呼痛。

"露娜，你怎么了？"站在一边的晴明关切地问道。

"既然已经打败了恶龙，那么就由我带领着骑士，护送公主回城堡吧！"白小侠说道，不经过我同意，又一把抱起了我。

真是的！我伤的是手，不是脚好吗！

我想这样说，但是这句话到了嘴边，却又换成了另一句话："谢谢你……"

白小侠，谢谢你，在危急关头出现救了我和晴明。

而我是多么庆幸，自己竟然拥有一个有超能力的恋人，无论遇到什么危险，只要我呼唤他，他便能以最快的速度到达我的身边。

3.

回到家里，我靠在了柔软的沙发上，厨房里是晴明为我们做饭的身影，大大的灶台上，砂锅盖子被水蒸气顶得啪嗒作响，一股令人觉得安心又温暖的香味弥漫在空气当中。

打开的电视上，某都市直播新闻正插播一则市内新闻。

"……今天傍晚时分，一名茉莉学院的转校生，突然出现在了茉莉市动物园的猴山当中，被处在暴躁期的猴子误认为是攻击者，而遭遇由猴王带领的猴群的袭击。还好公园的管理员听到惨叫后及时出现，才避免了更加严重的后果……据悉，这名学生是茉莉学院新闻系的社长……在此，动物园方面希望，就算想要寻求刺激，也不要选择在动物园，因为动物往往是没有理智的……"

听着新闻，我忍不住抬起头看着电视，一个超级熟悉的身影出现在了屏幕上，但是被猴子抓得如同调色盘一样的脸，还有一头乱糟糟的头发，又让我有些迟疑。

"白小侠，你把华罗英丢到哪里了？"

我抬头，看见白小侠正拿着一个急救包向我走来，便顺口问了一句。

"好像是动物园吧……我也不记得了，我只想着快点儿扔开他，然后回到你身边。"白小侠在我身边坐下，头也不抬地说道。

"扑通——"我的心跳漏了一拍。

这样随时随地都在展现男友魅力的白小侠，简直让我防不胜防。

想要捂住有些发烫的脸，但是我发现自己的双手早就被白小侠握住了。

晴明还在厨房里，就算我们是情侣，也不能这样明目张胆啊……

就在我想跟白小侠说的时候，双手传来一阵剧烈的疼痛，我觉得那种疼痛好像透过我的手掌，一直顺着血液流动，最后连整条胳膊都麻了。

"啊啊啊——嗷嗷嗷——好痛——白小侠，你在做什么啊？"我心中的那点儿幻想因为这阵痛楚消失得无影无踪。

"忍耐一下，马上就好了，你的手蹭到了地上，必须要经过消毒才能重新上药，不然会引起发炎，手上会留下伤疤的！"白小侠一脸严肃地看着我。

"可是……好痛啊……"我可怜兮兮地眨着眼睛看着他。

"那……我给你吹吹好了……"

说完，白小侠捧着我的手，轻轻吹了起来。

橘黄色的灯光洒在白小侠白皙的脸上，让他的皮肤泛出珍珠般莹润的光泽，长长的睫毛也像是镀上了一层淡淡的金色，在眼睛下方投射出一层薄薄的阴影。

他双眼紧紧地盯着我的伤口，眉头微微蹙起，小心地捧着我的手，轻轻在上面吹着气。

不知道是不是灯光太美好，一时之间，我觉得自己的心像是白小侠口中吹出的风一样，飘飘荡荡，找不到终点。

"那个……白小侠，你为什么说晴明是我的骑士，你怎么不做我的骑士呢？"我想起之前在华罗英的家里，一直在强调晴明是我的骑士的白小侠，有些奇怪地问，"一般不是公主跟骑士在一起吗？"

"谁说的？"白小侠奇怪地看了我一眼，"骑士一直保护公主不受伤害，但是披荆斩棘，从恶龙手中救回公主的就只有王子啊！童话故事的结局永远都是'王子和公主最后幸福地生活在一起了'。"

王子和公主……真是不像白小侠说的话呢。

"而且，有件事情我必须跟你坦白。"白小侠突然放下了我的手，坐直了身体，一脸严肃地对我说。

看着这样的白小侠，受到他的影响，我也不禁坐直了身体，心里有点儿忐忑。

"我之前跟你保证过，只要你呼唤我，我就能在三秒钟之后到达你身边。"白小侠说道。

"嗯。"我点点头。

"但是我发现，我没有办法在三秒钟之内出现在你面前。"他说。

呼……

我的心里松了一口气。

还以为是什么重要的事情呢……一般人的确没办法办得到呢。

我刚想表达我的不在意，但是嘴都没张开，白小侠又继续说道："在没有成为你男朋友的时候，我的确只需要三秒钟，但是现在，我又多了一项重要的任务。"

"什么任务？"我不解地看着他。

"因为我还需要两秒钟打扮自己，确保自己出现在你面前的时候是最完美、最帅气的状态。"

明明是很无厘头的说辞，但是从白小侠的口中说出来，却有了一种奇怪的信服感。

不是尽快到达，而是以自己最完美的状态出现在我面前……

他是不想让他的形象在我的心里打折扣啊。

虽然听到他这番表白，我有些莫名其妙的感动，但心中还是有种挥之不去的怪异感。

不过，又有什么办法呢？

这就是我的男朋友啊，一个世界上独一无二的有点儿怪怪的男朋友。

看着白小侠的脸，我在心里甜甜地想着。

另一边——

被迫游历了猴山，又被动物园园长训话的华罗英，疲惫地回到了家中。

明明是万无一失的计划，甚至一开始所有的节奏都还牢牢地掌握在自己的手中，但是为什么事情会变成这样呢？

他失败了！

这四个字像个诅咒一样在华罗英的脑海中盘旋着。

居然会再一次输给露娜那个臭丫头！

要不是那个临时出现的叫白小侠的家伙……

要不是他……

华罗英面目扭曲，狠狠地踢了客厅中央的沙发一脚。

　　今天可是他人生当中最耻辱的一天，不但被猴子围攻，还被当成精神不正常的人送去了医院，做强制性的精神检查。可是，他明明就是被白小侠那个臭小子一瞬间转移到了动物园的。

　　对了，三楼的陷阱和设备！

　　想到这里，华罗英快步走到了三楼存放仪器的房间，一推开门，一股焦煳的味道传进了他的鼻子里。

　　透支了他五年的零花钱，从国外引进的高级探查设备，所有的屏幕还有灯光都熄灭，一小撮调皮的火花从机器的一个小口子里冒了出来，还没有散去的烟雾在房间里弥漫着。

　　"露娜，白小侠，今天你们让我受到的耻辱和损失，我一定会让你们三倍……不，十倍偿还回来的！"华罗英咬牙切齿地说道。

怪怪的反击
CHAPTER
10

1.

主题：阿白白超能力曝光事件挽回讨论会。

地点：华丽家族的大客厅。

我坐在餐桌边，华丽家族的成员也跟我一样，齐齐到场了。

阿白白坐在餐桌的中央，不安地甩了甩耳朵。

空气中弥漫着一股凝重的气息。

我知道，现在大家会这样是因为我。

明明下定决心，自己闯的祸应该由我自己承担后果，但是因为我把一切想得太过于简单，所以最后还是需要大家一起站出来救场。

都是因为我……

这么想着，我的心情越沉重，头也渐渐垂了下来。

"啪！"我的头突然被轻轻地拍了一下。

抬起头，我便看到了白妈妈冲我露出安抚的微笑："露娜，不要太过自责，这种事情在大家都没有刻意掩饰的情况下，随时都会爆发出来，到时候会产生什么样的后果，我们谁也不能预料。既然事情已经发生了，那我们就尽量把这件事情的影响力降到最低好了。"

"对啊，你不用放在心上啦！"白小萌也插话进来。

"我听说你还自己一个人找到华罗英要拿回资料呢，你做得已经很好啦。"今天似乎是走女王路线的白小梦，拨了拨火红色的大波浪卷发，懒懒地说道。

"都找到啦——"

一直埋头于笔记本电脑的白小葱，今天头上戴着的是浣熊造型的帽子，他深吸一口气，然后将笔记本上找到的资料传到了投影仪里。

餐桌后面白色的墙壁充当了幕布的功能，一个个耸人听闻的标题和内容出现在墙壁上：

揭露世界十大不可思议超能力传说……

带你走进超能力者的内心世界……

世界上到底有没有超能力……

特集！百万奖金悬赏你身边的超能力者……

……

这些标题吸引眼球的帖子，全是在各大网站点击率超级高的，而通过各种手段转载的消息也层出不穷，各种帖子下面还有不少人参与讨论，讨论被人引导分成了两大类：一边是不断挑起发言人情绪的，说世界上不可能有超能力存在；而另一边则是有人说着自己所遇到的奇怪事情或者经历过的超能力事件。这么一来，参与话题的人越来越多。

"飞机发动机半路失灵，但最后还是安全下降……这件事情不是我做的吗？"白爸爸在一边指着一个人的发言，惊讶地说道，"我还以为做得挺隐蔽的，没想到还是有人拍照了！"

为了证明世界上真的有超能力，一名网友放出了一张照片，高高的云层上方，透过机舱的玻璃窗，可以看到一个穿着蓝色格子睡衣睡裤的人托举着机翼，他的脸被机

翼挡住，格子睡衣被狂风吹得鼓鼓的。尽管如此，我还是一眼就认出来这是白爸爸。

"国际大明星在同一时间出现在两个地方，有照片为证……这件事看上去有点儿像我做的呀。不过，我有变成过这么丑的人吗？"白小梦的手指在空中画了几下，一个戴着墨镜、看上去很漂亮的明星的照片立刻放大了。

"啊啊啊——这个……大海上的渔船遭到大浪，最后奇迹生还，爸爸，你还记得我们去年旅游的时候顺手捡的那几个人吗？好像说的就是我们啊。"白妈妈兴奋地指着一张大海的照片说道。

……

果然，短短的几分钟之内，华丽家族的成员们都在网友的爆料下找到了自己行动的影子。

"简直太可怕了……"我看着这些资料，喃喃自语。

华罗英居然已经厉害到这种程度了吗？

只是用了新闻学里最简单的几个手段，就已经能收集到这么多的资料。

"我们真的能打败他吗……"看着数量还在不断刷新的消息量，我心里不停地在敲着鼓。

"振作起来！没什么大不了的，要知道华罗英只有一个人，你看，我们家可是有这么一大桌子人呢！论脑容量，也能比过华罗英啦！"白小萌看出了我心中的担忧，爽快地拍着我的肩膀安慰道。

"表姐，话不是这么说的，脑袋大的人也不一定聪明啊，哎哟——"一本正经地想要给白小萌科普的白小葱，不经意间又得到了白小梦的一个栗暴。

"有空科普，你还不如想想该怎么对付这些事情。华罗英还不是智慧域超能力者呢，就这么厉害了。"白小梦翻着白眼，戳着白小葱的脑门。

"我在你们瞎掰的时候就已经想好了应对方法……"白小葱一边揉着脑门，一边委屈地打开了一个视频网站，网站的首页上，点击量最高的居然是宠物版块里的几个视频——

《我家能用翅膀扇出小龙卷风的鹦鹉，妈妈再也不用担心夏天太热啦》《实拍！路边上看到的能从口里发出闪电捉麻雀的猫》《大家快来看看，我家的金鱼是不是变异了》……

一整排标着特异功能标签的视频，点击量还在不断飙升。

第一个视频的地点是在别人家里，一只鹦鹉扇了扇翅膀，一团小小的只有巴掌大的小旋风从它的翅膀里升起来，主人撕碎了一张纸，将纸片撒到半空中，那些纸片便随着小旋风起舞；

第二个视频则是路人用手机拍到的，一只黑色的猫在追麻雀，几次下来都没有抓到，本来以为它就会这样放弃了，谁知道下一秒，猫嘴里吐出了一个闪电球，一大群麻雀被球状闪电电得无力，只能在地上蹬着腿扑扇翅膀。黑猫像是看自己的臣民一样，从倒在地上的麻雀中挑了一只最肥的，然后挺胸踩着小碎步扬长而去；

第三个更离谱，一条鱼包裹在一个水球里，在空气中违反着吸引力到处晃荡着……

而就在我们集中注意力看完几个视频以后，返回首页再刷新，一整个首页像是被超能力动物包场了一样，各种新的旧的视频都被人翻了出来。

"这……"除了白小葱之外，所有人都面面相觑。

"这很简单啊，我只是把这个网站所有的带有超能力动物标签的视频提到了首页，并且做了几个很逼真的超能力宠物视频放上去。最近超能力这么火，那我就在火上浇一勺油好了。反正阿白白那点儿超能力一定比不上那些能喷火的猪、能喷出闪电

的猫有看头……嗷——痛！"

口无遮拦的白小葱指着阿白白的时候，不出意外地被"没有看头"的阿白白咬了一口。

"这样……会不会对阿白白产生什么影响啊？"我有些担心地问。毕竟阿白白的录像是大家看到的第一个超能力宠物的视频，大家都会对第一次看到的事情记忆尤其深刻啊！

"没关系，我们把阿白白送去小葱家里住一段时间就好啦！"一直没怎么说得上话的白小侠插嘴，"反正雪纳瑞那么多，只要阿白白不在茉莉市，不使用超能力，没有人会注意到的！"

"对了，还可以这么做，我可以帮忙啊！"白妈妈一拍双手，眼睛发亮地说道。

白小萌和白小梦像是想到了什么开心的事情，摩拳擦掌地帮着白妈妈，一边强行抱起阿白白，一边嘀嘀咕咕地走进了房间里。

"放开我……"我好像听到了阿白白的惨叫声。

应该没问题吧？

我看了一眼白小侠，白小侠丝毫不担心这种事情，而是跟着白小葱一起看着网站的后台数据。

10分钟后——

白妈妈她们得意地从房间里出来，走在最前面的白小梦手中抱着一只无精打采的小泰迪……不对，仔细看，应该是毛发被做成了卷发的阿白白。

阿白白脸上像胡须一样的毛被剪短，并且修理了一番，被弄得蓬松，并且拦住了眼睛的毛也被好好修剪了一番，露出黑水晶一样圆溜溜的眼睛，身上套了一条粉红色的蕾丝小裙子。

"我是男孩子，我不要穿裙子。"我听见阿白白有气无力地抗议道。

"就是因为大家都知道你是男孩子，我们才让你穿裙子啊。你看，这样人家就不会知道你就是那只有超能力的狗了！"白小梦笑眯眯地摸了一把阿白白的头。

阿白白瑟缩了一下，张了张嘴，但是又什么都没有说出来，一副敢怒不敢言的样子。

我发誓我从来没有在一条狗的脸上看到过这么丰富的表情。

"阿白白，去了小葱家里一定要乖乖的，不能胡乱使用超能力，不然会被人抓去奇怪的机构，那样你就再也吃不到好吃的狗罐头啦。我听说很多研究院里给宠物吃的都是最差的人工粮呢。"白小萌弯下腰，一脸担忧地告诫阿白白，"而且还有一些不好的地方，连最差的狗粮都吃不上，要往狗粮里泡水才给吃呢……"

我看到阿白白瑟缩了一下，打了一个寒战。

白小萌转过头，吐了吐舌头，一副恶作剧成功的样子。

"好啦！"

就在我还在关注阿白白这边的时候，白小葱和白小侠发出一声欢呼，然后相互击掌。

"怎么啦？"我转过身，好奇地看着他们。

"该做的已经都做好了，现在就要交给时间啦！"白小侠神秘地冲我眨眨眼睛。

"到底是什么事情啊？"我不甘心地问道。

"你只要回家，三天后就知道啦！"白小葱从白小梦手中接过阿白白，一副"世外高人，天机不可泄露"的模样，"那就这样啦，拜托表哥送我回家，我还有好几篇论文没写呢……"

白小侠抓着白小葱的手，一下子消失在我面前。

"好啦，露娜，你不用担心，小葱可聪明了，他说没事就一定会没事的！你只要回家等消息就好啦！"白妈妈还有白小萌拍着我的肩膀安慰着我。

是这样吗？

怀着忐忑不安的心情，我告别了白小侠一家。

2.

三天时间很快就过去了，在这三天当中，我也不是什么都没有干，而是和晴明在家里搜集着各种数据。

三天当中，我眼睁睁地看着之前被白小葱翻出来的帖子占据了各种网站的版面，并且连带着他制造的那些假视频也引起了大家的讨论。一时间，不管是网上还是线下，都掀起了一股寻找超能力动物的风潮，似乎在一夜之间，再也没有人记得有一只力量和速度奇怪无比的雪纳瑞了。

白小葱说得果然没错，比起那些能从嘴里喷出火苗的鸡，跺跺脚能从平地冒出一座山的大象的视频，阿白白的表演果然不够看呢。

我笑眯眯地捧着电脑，跑到了白小侠家，跟他分享着这个很可能在他意料之内的喜讯。

坐在白小侠家的沙发上，手边是白小萌给我做的草莓石榴茶，在看着我们策划的消息关注人数已经远远压倒了华罗英发布的消息时，一种大仇得报的爽快感在我心中升起。

"露娜，你看这个！"就在想着华罗英气急败坏的表情时，晴明给我发来了一条

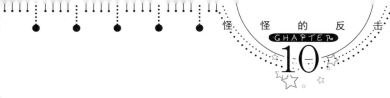

消息。

我点开一看，是一个关于超能力宠物的视频——

一条金鱼在鱼缸里游来游去，无比悠闲，突然，这条金鱼甩了甩尾巴，从鱼缸里冒了出来，它的周围包裹着一团水球。

这个视频不是一开始就看过了吗？

我在心里嘀咕着，是不是晴明弄错了？

我还没有想完，画面突然剧烈地抖动了一下，包裹金鱼的水球也颤抖了一下，不过……刚刚我看到的那个黑色的东西是什么？

我把视频倒回去，然后用超慢的速度播放，之前画面里一闪而过的黑色影子定格住，居然是一个人的手！

仔细看着，那个人手上好像还拿了什么东西——等等，这是鱼线吗？鱼线的下方是……金鱼？

我仔细看了看那个包裹着金鱼的水球，根本不是水球啊，明明就是用透明保鲜膜装着水，然后再把金鱼放在里面，利用后期制作技术把人和道具都消除掉。

就在我看完这个视频的几分钟之后，网上越来越多的关于超能力宠物造假的视频以及穿帮镜头被找了出来，于是舆论风向也变了。

"居然是骗局！我就说，世界上怎么可能有超能力啊……"

"之前那只雪纳瑞肯定也是用了什么道具作假了……"

"其实我从来都没有相信过那些视频，一看就知道是伪造的，发布这种东西的人是把观众当幼稚园小朋友吧。"

"这么多智商不及格的人啊！"

……

连阿白白的视频，大家都认为是用了某种高明手段假造出来的。

太好了！白小葱不愧是华丽家族的智慧脑域超能力者，出手就取得了惊人效果！

"丁零零——"

我正看那些网友的评论看得开心，被我放在一边的手机响了。

我拿起来一看，是个陌生的号码。

"您好，我是……"没有多想，我直接接通了电话。

"露娜，不得不说，你这一招很厉害啊，但是你以为只要毁了我的设备，然后在网上压制住舆论就可以了吗？哈哈哈，你想得太天真了。你以为你真的把视频的原件都毁了吗？只要我愿意，我手上还可以有几千份、几万份。"

华罗英凶狠的声音让我情不自禁地打了一个寒战。

"华罗英，你到底想怎么样？"我一边捂住胸口，一边强迫自己冷静地跟他谈话。

"我想怎么样？我想发挥一个新闻人的'职业道德'，把没有经过修改的原片放在网上。现在大家都在讨论愚弄网友的超能力宠物视频的事情，要是我公布出有你声音的视频，你想想会怎么样？"华罗英一边低声笑着，一边说出让我的呼吸都要停止的话。

"华罗英，这样做对你有什么好处吗？"我深吸一口气，心里满是愤怒。

"好处？好处在你往网上发布别的超能力宠物视频的时候就已经没有了！我以为我可以得到大家的关注，但是我发布的消息在你发布的消息的排挤下变得一文不值！就算你不跟我在一起，让我的新闻帝国梦破灭，我也可以靠着这条消息提高大家对我的关注度，然后进入我最心仪的学校进修。"

华罗英在那边疯狂地大喊着，我心里对他生出了更多的反感。

　　这种利用伤害他人得来的机会，他也好意思接受吗？

　　我很想狠狠地讽刺回去，但是一想到我一时爽快的后果可能连累到白小侠一家人，之前所做的努力会白费，我就忍了下来。

　　"你现在的目的就是想进入一流的学校进修，对吗？"我闭上眼睛，心平气和地跟他谈条件，"如果你把原件给我，我会拜托我爸爸给那所学校写推荐信，怎么样？"

　　华罗英沉默了一会儿，就在我以为我要拿出更多的条件让他答应我的时候，他居然答应了。

　　"我答应你，明天下午，我们约个地方见面，然后你把推荐信给我，我给你原件。"他说道。

　　"好，成交。"

　　挂掉电话，我像是全身的骨头都软掉了一样，瘫坐在了沙发上。

　　闭上眼睛，深呼吸，然后再睁开眼睛，却看见白小侠皱着眉，一脸不赞同地看着我。

　　这样的表情真的很不适合你呀，我最喜欢的还是你肆无忌惮、比阳光还要灿烂的笑脸啊！

　　"怎么啦？"我扯出一抹笑容。

　　"你不应该这样做。"白小侠说道。

　　"我……我只是想补偿……这件事还是因我而起，所以我想，不管怎么样，我……"

　　我语无伦次地说着，明明想把自己的心情表达出来，但是不知道为什么，心里要说的和嘴上表达出来的完全不一样。

白小侠的眉头越皱越紧。

白小侠已经在讨厌我了吗？觉得我很没用，只会制造麻烦，惹出了麻烦却只能依靠爸爸的力量解决问题……

但是，我只是想……

一只手轻轻地覆上了我的头。

我抬起头，白小侠正认真地看着我。

他的眼睛里好像装进了星星，让人感觉很安心。

白小侠轻轻地叹息一声，然后蹲在我的面前，这样我一抬头就能看到他的脸。

"你是我的女朋友，所以，我希望我的女朋友在被人威胁之后，第一时间想到的不是怎么解决问题，而是多依靠我。"白小侠看着我，一脸严肃地说道。

他一边说着，一边轻轻地在我的额头上弹了一下："这是给你的教训。"

这一下并不是很痛，我捂着额头，愣愣地看着他。

不知不觉中，之前那个傻兮兮地跟我对视的白小侠变得这么有魄力了。

一直以来，我以为都是我在捉弄他，但是今天我才发现，其实白小侠只是一直让着我吧。

心里被堵住的地方突然被一股温暖而又强劲的水流冲开，我的眼睛酸酸的，眼泪止不住地往下流。

"你怎么哭了？我没有很用力啊。很疼吗？你……要不你打我好了。"

看到我流泪，白小侠不知所措地帮我擦着眼泪。

"呜呜呜——白小侠，我以为你讨厌我了……"

不知道是不是有了白小侠的安慰，这几天来心中压抑的情绪在这一刻都化成了眼泪。

白小侠没有讨厌我……

"你……你是第一个能跟我对视的女孩子，你还不怕我，追着我跑。你都这么喜欢我了，所以我也喜……喜欢……"

白小侠的声音越来越低，最后竟然像没有了声音一样。

"你刚刚说喜欢我？"我深吸一口气，抬起头看着白小侠。

白小侠面红耳赤，不敢看我。

"白小侠，你是第一次说喜欢我！"我的眼泪再一次夺眶而出。

"我……我没有说过吗？" 白小侠不知所措地问道。

我擦着仿佛怎么也流不干的眼泪，心里却绽开了一朵朵烟花。

直到白小侠说喜欢我的那一刻，我心里的某种情绪才沉淀下来。

因为我们开始交往是因为白小侠的一句"你那么喜欢我，所以我们交往吧"。

没错，是白小侠觉得我喜欢他，所以才跟我交往。所以，即使在交往的过程中，也是我一直跟着白小侠的步调。

从一开始就抱着其他想法接近他，到了最后，连自己的感情都不知道该怎么处理的我，在听到白小侠的告白之后，顿时心花怒放。

"露娜，我喜欢你！"白小侠再一次在我耳边说道。

这次他没有之前的羞涩，而是用一种很认真的语气在我耳边慢慢地说出来。

我抬起头，看到了白小侠认真的表情。

"轰——"

我的血液都快沸腾起来了。

"哎哟，别挤啊——"

"你已经看了好久，该换我了！"

"白小侠这个白痴，这时候应该抱上去啊！"

楼梯边上的小房间里，突然传来一阵说话的声音。虽然声音很小，但是因为房子里实在太安静，所以连一点儿小小的声音都能听得清楚。

白小侠脸色一沉，我只感觉一阵风从面前刮过，小房间的门被打开，一连串的人像拔萝卜一样被拉了出来。

"我们什么都没看见啊——"白小萌一边捂着眼睛一边嚷嚷着。

"爸爸，我们为什么会在这里啊？我们现在明明是在外面逛街啊。"白妈妈一副娇弱的神态躺在白爸爸的怀中。

白爸爸一言不发地冲我们点点头，然后扶着白妈妈走了出去。

一个希腊女神装扮的女生，抱着一个很明显是橘红色的塑料水桶，慢慢地从里面走了出来："对不起啊，我只是一个路过的行为艺术者，我怎么会在这里呢？天啊，我好像失忆了……"

头上戴着蜗牛造型帽子的白小葱，也是被压在最下面的那个，他闭着眼睛慢慢地挪动："我是蜗牛，我是蜗牛——"

眼看着一群人就要走出房子，白小侠黑着脸，不知道在想些什么。

"你们都站住。"他说道。

一群本来还在装傻的人竟然都停住了脚步。

"你们都听到了吧？"白小侠问道。

"没有啊，我什么都没看见。"一群人闭眼的闭眼，看天的看天，异口同声地摇头说道。

"我说的是露娜跟华罗英做交易的那件事。"白小侠咬牙切齿地说道。

"啊——这件事啊，听到啦，我们来商量一下吧！"

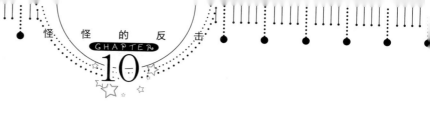

大家像是松了一口气一样，互相击掌，然后像什么都没发生一样，一起坐到了沙发上。

我看看左边，又看看右边，大家都在认真地讨论着下一步该怎么办，好像已经完全忘记了刚刚发生的事情。

我又看了一眼白小侠，白小侠也开始加入讨论圈子，认真讨论起来。

现在还在胡思乱想的就只有我了吗？

我倒了一杯茶，掩饰性地喝了一口。

再看了一眼白小侠，白小侠虽然很认真地在讨论，但是我发现了新的情况——白小侠的耳朵泛起了红色。

我的心里一下子镇定下来。

有人跟我拥有一样心情的感觉真的挺好的……

3.

到了约定的时间，我来到了跟华罗英约好的公园里。

透过树梢，我看见华罗英坐在公园里的石凳上，不停地左看右看。

"成败在此一举啦！露娜，你要加油！"我深吸一口气，给自己打气。

"少演戏啦，你只要看着我表演就好。"一个声音插了进来。

我回头一看，看到了一张跟我一模一样的脸。

"白……白小梦？"

虽然已经知道了白小梦的变身能力，但是这么近距离地看到了自己的脸，摆出一

副不屑的表情站在面前，我的心还是忍不住跳了一下。

　　我看到"我自己"身穿一套白色的小洋装，外面套了一件鹅黄色的小斗篷，长长的头发从右边斜分下来，用长长的丝巾和头发一起绑成一个麻花辫，松松地搭在胸口。

　　明明一模一样的脸，但是站在我面前的人显得超级陌生。

　　白小梦变身的"我"对我笑了一下，做了一个撩动头发的姿势。

　　我才不会做这个动作呢！

　　我刚想抗议，白小侠突然从旁边冲了出来："不要用我家露娜的脸做奇怪的动作！"

　　"你居然敢说我的动作奇怪？白小侠，你胆子挺大啊。"白小梦顶着我的脸，用自己的声音对白小侠吼道。

　　"嘘——你们小声点儿！"白小萌一脸焦急地插在当中，拉着一脸莫名其妙的白小葱，阻止他们继续吵下去，"快点儿做好准备啦，约定的时间快到了。"

　　我看了一眼坐在一边用笔记本电脑调试仪器的晴明，他对我点点头。

　　"我已经在你的发带里安装了一个窃听器，在你的胸针里放了一个监控器，你要尽快打探到华罗英放视频的地方，然后白小侠上去拿过来，让白小葱植入病毒，但是中间的时间差……"晴明再一次向我们分派了任务。

　　真不愧是晴明，做事情永远都这么有条理！

　　"没问题，吸引大坏蛋注意力的事情就交给我吧！"白小萌拍着胸口保证道。

　　白小梦拿起我早就准备好的文件，然后朝着华罗英走去。

　　接着，我把所有的注意力都放在了监控屏幕上。

　　白小梦变身的"露娜"一步步朝华罗英靠近，华罗英看见她之后，"蹭"的一下

站起身。

"我要的东西呢？"华罗英问道。

白小梦冲他晃了晃手中的文件袋，但是在华罗英要拿走的一瞬间，又往后退了一大步，华罗英扑了个空。

"你——"华罗英恼羞成怒地看着她。

"我的视频原件呢？你放在哪里了？"我听见我的声音从白小梦口中发出来。

"在我的手机上。"华罗英得意地晃了晃手机，"我可是做了超级复杂的解锁程序，要是强制开机，这里面的视频就会直接传到网上。"

"在手机上！"晴明把画面定格在华罗英的手机上。

"好，交给我吧！"白小萌得意地笑了笑，闭上眼睛念叨着什么。

这时刚好是吃完晚饭的时候，不少的人带着自家的狗，在草地上嬉戏打闹着。狗主人也悠闲地放开了狗链，三三两两地聚在一起，交流着养宠物的经验。

突然，还在打闹的狗狗们不知道怎么回事，突然都停了下来，鼻子朝天空嗅了嗅，然后撒开腿朝华罗英所在的位置跑了过去。等我反应过来的时候，华罗英已经被一大群狗狗掀翻在地上了。

"这是怎么回事？"

我目瞪口呆地看着画面中不断发出惊叫声的华罗英，而其他人也发出了慌乱的叫声，狗狗的主人们呼唤着狗狗的名字，但狗狗们就是不听使唤。

"是小萌使用超能力，让华罗英变成了狗狗们最爱的狗粮的味道！"白小侠向我解释道，随后他捏了捏拳头，摆出一个酷酷的姿势对我说，"露娜，接下来就是我出场了！"

紧接着，我就看到白小侠如风中闪电一样一闪身消失，还没等我反应过来，他又

像风一样出现在我面前。

"拿过来了！"

白小侠手上拿着一部手机，递给了和晴明坐在一起的白小葱。白小葱用一根数据线接入手机，然后在电脑上按了几下，又拿给了白小侠。随后白小侠又使用闪电超能力出现在了监控画面中，他把手机放到了华罗英不远处的地上，周围的人根本没有发觉异常。白小侠身形一闪，又从原地消失。

我身边一阵风起，连头发都没乱一丝一毫的白小侠回来了，手里的手机已经没有了。

"好了，行动完美结束！"

白小葱敲击了几下键盘，画面变黑，然后开始收拾桌上的东西。

"就结束了？"我呆呆地看着他们。

"对啊！没事的话，我就先闪人了，拜拜！"白小葱收拾好东西，抱着穿着粉红蕾丝小裙子、一副不开心样子的阿白白离开了。

"真的就这样结束了？"我疑惑地问道，从白小梦变成我出场，到他们交换东西，到华罗英被狗狗围攻，白小侠出手，一切行动还没有10分钟，就这样结束了？

"当然结束了。"白小侠莫名其妙地看着我。

"唉——"

我期待已久的复仇大戏，在我以为刚开场的时候就已经结束了？

我所想象的高潮迭起、波涛起伏、惊心动魄呢？没有这个，斗智斗勇、钩心斗角总该有吧？我还以为会像好莱坞电影一样，拥有超能力的英雄会和大坏蛋来一场华丽无比的对决呢！

居然就这么结束了？

等我回过神来，从树枝缝隙偷偷看过去，发现华罗英已经从地上爬起来了。

他身上的味道似乎消失了，狗狗们都散开了，而他一身狼狈，头发乱了，眼镜歪了，衣服也被狗狗的口水沾湿了。

伪装成我的白小梦，故意露出惊讶的表情，说了什么话，华罗英的脸色更加难看了。

他气呼呼地接过了白小梦手中的推荐书，然后捡起手机，当着她的面删掉了手机里的视频，然后又气冲冲地丢下她跑开了。

"真的这么完了？"我不甘心地又问了一次。

"没错，露娜，我们这边已经做好安排了。小侠刚刚拿着华罗英的手机，植入了白小葱创设的超级病毒程序，后续一切看华罗英的选择。如果他就此罢手，拿着你给的推荐书，他会有一个新的开始；如果他还不死心，那么就会自食恶果……"

看我似乎还不明白，晴明走过来跟我解释。

"没错，露娜，放心吧，华丽家族不出手则已，一出手必然惊人哦！华罗英再也不会威胁到我们了。"白小侠双手按在我的肩膀上，笑容灿烂地说道。

他的笑容就好像今天的阳光一样，驱走了积聚在我心头的乌云。

太好了，事情都结束了！

我也朝小侠露出了开心的笑容："接下来做什么呢……"

今天还有很长的时间呢。

"你们就好好继续那天没有完成的约会吧……"

被遗忘在一旁的晴明突然出声，让沉浸在目光对视中的我和白小侠闹了个大红脸。

"啊，对不起……"

"是啊，晴明，不如我们一起去吃东西？"

"当别人电灯泡会一辈子打光棍的，露娜，你就忍心家看到我孤独终身吗？"

晴明幽默地回了一句，随后朝我和白小侠摆摆手，提着器材箱离开了。他走到白小梦和小萌那里，说了什么，两个女生朝这边望过来，露出一副了然的表情，然后和晴明一起往公园外走去。

公园的树林里，现在就只剩下了我和白小侠两个人。

我把视线从晴明那边收回来的时候，就看到白小侠目光灼灼地看着我，让我感觉脸上的温度升高了。

怎么回事啊？

这个家伙，就算再怎么喜欢，也不要这样盯着人家看啊！

一时间，我心里有点儿羞恼又有点儿甜蜜。

"露娜，你现在有没有特别想去的地方？"

"我……现在啊？我，我想去海边看大海，不过……"

你为什么问我这个啊？

"你觉得哪里的大海最好看？"

我的话没问完，又被白小侠的一个问题"袭击"了。

"南半球，夏威夷之南的大溪地。听说那里的海水就好像悬浮在天空中一样清净美丽……"

我的脑海里闪过很久以前看过的一个旅游纪录片里有关大溪地海滩风景的画面。

"这样啊，那么我就带你去大溪地看海，继续我们之前未完成的约会！"就在我想问白小侠为什么问这些的时候，他已经给出了答案。

啊？

大溪地可是在南半球，离我们很远呢，订机票都要花半天……

可是这个时候，白小侠一把握住了我的手，让我靠在他的怀里，他的声音在我头顶响起。

"露娜，闭上眼睛，倒数10秒。"

我下意识地闭上了眼睛，整个人被白小侠圈在怀里，猛烈的风吹过来的时候，开始倒数——

10，9，8，7……

在数到0的时候，白小侠的声音刚好响起了。

"现在可以睁开眼睛了。"白小侠轻声说道，然后把我放下，我感觉自己踩在了软软的沙子上。

我闻到了一股海风混合着花香的味道，热浪也包裹着我。

睁开眼睛，我好像来到了天堂——

蓝色的天空，还有清澈得就像天空倒影的海水，一群群色彩艳丽的小丑鱼，在粉红色的珊瑚礁丛里游来游去。海水在阳光下泛起粼粼波光，一时之间，让人眼花缭乱。

身边是用茅草搭起来的遮阳棚，一个头上戴着大红花朵的金发大姐姐，一边扭动着身上的草裙，一边往我脖子上挂上由五颜六色的鲜花串成的花环。

这里是……

我惊讶地捂住了嘴。

"我们约会的地方。"白小侠微笑着对我说道。

"白小侠……"

我感动地看着他，因为太过惊喜，完全不知道该说什么了。

谁会想到前10秒我们还在北半球的一个公园里，而现在却来到了世界上最美的海滩之一——大溪地呢？

"露娜，只要是你想去的地方，不管是哪里，只要你向我许愿，我就一定能带你到达，不需要长途飞行和签证！"白小侠双手插在裤口袋里，高高地抬起头，一副骄傲无比的样子。

可我发现，虽然他说得无比骄傲，眼睛却在偷偷地看着我，脸和耳朵也有些红。

这就是我的男朋友，世界上独一无二的拥有非凡超能力的男朋友。

而我也知道，只有他才能给我世界上最奢侈的如奇迹般的浪漫。

我对他露出一个大大的笑容，然后转过身环抱住他："那下一次约会，我们一起去希腊的爱琴海！"

既然有这么酷的超能力，那我们相约，把世界上风景最美的地方都走遍吧！

"没问题哦！无论哪里，无论何时，我们都一起。"白小侠的发丝在海风中扬起，帅气的脸庞上，笑容灿烂。

这个漂亮到极点的笑容，我想它会一直刻在我心上，一辈子那么长。

同一时刻，地球的另一端——

阴暗的房间里，好几台电脑同时亮着，房间里没有开灯，一个人坐在电脑前，他的脸被电脑屏幕的光照得惨白一片。

"呵呵，露娜，你简直太天真了，你以为我会这样放过你吗？"华罗英看着手边刚拿到的推荐信，阴险地笑了一下，然后拿出白天做交易的手机。

按下了几个键，明明已经被彻底删除的视频又恢复到了原来的位置。

"好戏刚开始呢……"

他一边笑着，一边打开了一个点击率最高的视频网站，将那份没有删除掉的视频从手机里上传到了网上。

"您已成功上传视频，是否发布？"

屏幕上跳出一个对话框。

华罗英狰狞地点击了红色的确定键。

视频上传成功。

"……大家都是笨蛋，我只是随便上传了几个经过剪辑的视频，就把所有人的眼睛骗过去了。要不是我故意露出马脚，以他们的智商，永远也没办法发现的，哈哈哈——我华罗英真是个大天才呢……"

不知道按了哪里，之前上传的视频自动播放起来，明明上传的是有露娜原音的视频，不知道为什么被换成了有华罗英的声音的视频，而且这些话根本不是他说出来的。

"糟糕！"

华罗英神色大变，扑到了电脑前。

打开了视频网站的首页，短短的几分钟，视频点击量便直线上升。

不光这样，视频的转发量也不断增加着，而下面网友们群情激愤的评论，更是华罗英不敢去看的。

"不行，我要删掉！"

华罗英进入网站的后台，但是不管怎么点击删除键，电脑上给出的永远都是"无权删除"的提示。

华罗英瘫坐在椅子上，面如死灰。

"所以说，小葱，你到底在华罗英的手机里放了什么？"回来以后就一直唠叨着

应该把华罗英的手机摔了而不是还给他的白小萌，好奇地问道。

"一个病毒啊，晴明找到我，跟我分析了一下华罗英的性格，我们觉得他一定不会乖乖删掉视频的，于是做了一个小小的手脚。如果他信守承诺，那就大家都开心，不过嘛……"一边回答，白小葱一边刷着网页，突然发出了冷笑。

"……大家都是笨蛋，我只是随便上传了几个经过剪辑的视频，就把所有人的眼睛骗过去了。要不是我故意露出马脚，以他们的智商，永远也没办法发现的，哈哈哈——我华罗英真是个大天才呢……"

华罗英的声音从电脑里传了出来。

"果然还是小看他了呀。"这次走清纯路线的白小梦坐在沙发上，吃着水果，冷冷地说道。

"华罗英真的说过这样的话吗？"白小萌奇怪地问道。

"这句话是我模仿他的声音说的，笨蛋！"白小梦翻了个白眼。

"你又说我笨——"

白小萌反驳着，却一副敢怒不敢言的样子。

星星挂上了如深蓝丝绒一般的天空，今天的华丽家族依然很热闹。

EPILOGUE

我叫阿白白，是一条有智慧、有内涵，美貌与优雅并存的超能力狗。

我在半个小时之前做出了一个决定，那就是离家出走！

没错，我阿白白要离开白小葱那个如同垃圾场一般连狗都嫌弃的房子！

其实，我原本住的地方是一栋超级温馨而且干净的大房子，里面有我小小的花园，每天还有超级好吃的高级狗粮，偶尔我心情愉快，还能吃上美味的进口罐头，但是这样的生活在三天前戛然而止。

一个坏蛋拿到了我会超能力的视频，害得我不得不结束我美好的生活，被送来了天才少年白小葱的家里，谁知道我的生活一下子就进入了噩梦。

我堂堂一只被称为永恒精灵的英雄狗，怎么能住在垃圾堆中？

在愤怒地表达了我的意见之后，白小葱居然厚颜无耻地说道："天才往往都不会被世人接受的。"还用一种怜悯的眼神看着我，让我不能忍受。

受够了每天吃廉价的狗粮之后，我决定反抗。

以我的美貌和智慧，还担心找不到好心人收留我吗？

于是，我从白小葱家离家出走了。现在，我正昂首挺胸地坐在商业街的一个炸鸡店门口，看着进进出出的人。

喜欢炸鸡的人一定都是富有爱心的人，看见这么可爱的我，一定会忍不住把我抱回家的。

我用眼角的余光看了看橱窗镜子里的我，大大的眼睛，光滑的毛发，尾巴翘起来的弧度，一切都那么完美……为了显示出我的身材，今天还特意穿上了一条据说很贵的、上面点缀了水晶的粉红色裙子。

半个小时过去了，没人理我。

嗯，一定是我未来的领养人还在路上，今天是周末，他们又不像我一样能用超能力马上赶来，我再等等。

一个小时过去了，我决定换个姿势等。

三个小时过去了……

闻到从炸鸡店里传来的香味，我的肚子开始咕咕叫了起来。

呜呜呜……我的领养人再不出现，世界上唯一一只能用超能力拯救人类的狗就要饿死啦！

什么？

你问我为什么不使用超能力？

呜呜呜，来白小葱家的时候，小萌就警告过我，说如果我使用超能力被抓住了，就会被关起来，没有好吃的狗罐头，连超市的狗粮也不管饱。

因为已经放出了要离家出走的狠话，我现在已经没脸回去了。

天地之大，竟然没有我这只英雄狗的容身之处了吗？

我无精打采地趴在地上，脑海中全是自己从此以后就要变成流浪狗的悲伤念头。

"哎呀，地上趴着一条小狗！"一个女孩清脆的声音在我耳边响起。

我动了动耳朵。

哼，反正你也和前面路过的人一样，只是摸摸我，连炸鸡都不给我吃一口的冷漠路人甲吧！

可爱有什么用，你又不带我回家！

"哼"了一声，我连眼皮都没有掀开。

"小狗，你是跟你主人走丢了吗？那你愿不愿意跟我回家？"女孩摸了摸我的头问道。

回家？你是说你打算收留我？

看在你这么好心的分上，我勉为其难地看你一眼好了！

齐耳的短发，大大的眼睛还算有神，脸上几颗小小的雀斑看上去也还算可爱，虽然比起我家白小萌差远了。

"咕噜——"

就在女孩抱起我的一瞬间，我的肚子发出咕噜的响声。

"哈哈，真的饿了呀，那我回家请你吃好吃的吧！"女孩又说道。

不准笑！英雄狗也有饿肚子的一天好吗！

我愤怒地冲她吼了一声。

"你同意跟我回家了吗？"女孩笑得眼睛弯成了月牙状。

我没有！

还没等我反对，女孩便将我抱在了怀中。

什么味道？香香的，好像是食物的味道！

是你做的吗？

如果你给我做好吃的，我就勉强在你家住下好了。

这么想着，我蹭了蹭她的脸，任由她将我抱在怀里。

非凡华丽家族有史以来最强大的宠物狗——阿白白的新传奇，由此拉开了序幕！

八卦茶话屋

编辑部大八卦

——《七寻记》VS《蓬莱之歌》

夏日天高云远，一早上小编我叼着包子，刚踏进编辑室的大门，一只圆珠笔嗖地从头顶飞过，我好像嗅到了战斗的气息……

【大喇叭】 **（手里攥着一本书，如一头愤怒的狮子）**：卡卡薇这作者不错，我觉得这本《蓬莱之歌》，你必须得看！

【八卦妹】 **（连忙凑过来）**：哇！这是新书啊！这个作者以前还写过《暗·少年之木偶店》《当星光没有光》《那年我们的秘密有多美》啊，销量简直如黄河之水天上来，泛滥不停……她特别擅长奇幻和少女题材，作品多见于《花火》《萤火》《微微》《爱格》《许愿树》等畅销杂志，多次被杂志推荐为人气作者呢。

小编我咽了咽口水：你这成语是怎么用的？你是怎么混进编辑室的啊？真是值得深思……

【淡定哥】：哼，这些小女生的作品，我才没兴趣呢。不过，有一个人例外，沧海镜的《七寻记》，我建议可以看看。情节丰富，文笔优美……我妹妹在家抱着那本书，看得都不想睡觉。嘿嘿，作者似乎还是个美女……

【大喇叭】：卡卡薇长得更美！她的少女奇幻文，不仅励志，冒险推进路线也紧凑，架构清晰，正能量充沛！你看看这些主角的名字，夏沫、苍术、师走、华意、雪藏……多好听！

淡定哥朝某人投去鄙夷的目光，叹息着摇摇头。

【淡定哥】：肤浅！名字好听管什么用？它人气高吗？卖得比《七寻记》好吗？有《封印之书》《悠莉宠物店》那些好看吗？你倒是说出几个理由，凭啥去买啊？

小编我默默地退到了墙角。一波刀光剑影即将来袭，请围观群众注意躲避，以免误伤！

【大喇叭】（抢起袖子，颇有打架的气势）：第一，看到这封面了吗？清新薄荷绿，设计独特，买！第二，友情、正义、亲情、冒险、奇趣，在整个故事中发挥得淋漓尽致，买！第三，百鬼斋、不归胡同、红月中学旧校舍、契约街以及迷岛的冒险，这一个个扣人心弦的情节，你不看，包你后悔！《蓬莱之歌》青春又阳光，必须买！

【八卦妹】（一把抱住大喇叭大腿，痛哭流涕）：啊啊啊……喇叭姐，土豪，我们做朋友吧！

大喇叭一脚踢开八卦妹，等着淡定哥"不服来战"。小编我蹲在角落画圈圈：好暴力，好可怕……不要瞟，不要看……

【淡定哥】（不服气）：反正市面上火热的同类型作品多了，凭什么它会火？我不信。

【大喇叭】：凭它是一本不可错过的好书！凭卡卡薇呕心沥血的创作态度！好了，淡定哥，明天我有点忙，你的牛肉粉，我就不帮你捎带了。

【淡定哥】（不淡定了，一把扑过去，扯住大喇叭）：不要啊！你知道我有"起床癌"，不帮我带早餐，我会饿死的！呜呜呜……我去买，去买，成不？我口袋里还有省下来的38块救命钱……

【大喇叭】（得意地仰天大笑）：啊哈哈哈……这还差不多！

小编45°忧伤看天，窗外依旧天高云远，编辑室里总是风雨不定，编辑室的八卦太多，版面有限，省略我三万八千字……有机会，我们再买包瓜子，唠唠嗑吧！

八卦茶话屋 Gossip Tea House

一场书名引发的"战争"

月黑，**风高**。

魅丽优品露天**大阳台**。

两道**黑影**。

带着**凉意**的**微风**中，

不时**传来**或高或**低**的**争吵声**……

某桃咬牙切齿的声音：

什么？为什么不可以？哪里不好理解了？怎么就不能理解了？这里面有外星符号吗？既然没有，那有什么不好懂的？到底哪个字眼看不明白？

可怜的某编胆战心惊地移开视线看向远方：

我也觉得之前那个挺好的，可是出版社否定了，有什么办法？人家手里捏着咱的命脉，不改书名就不给书号……所以，桃殿下，行行好，配合一下行不行？俺一辈子记得您的大恩大德……

某桃挥手打断正在作揖的编辑，愤怒的情绪稍有缓和：

别这样，其实我不是针对你，实在是太气愤了。明明《最奇缘，密钥恋歌》看上去那么醒目，结果给我改成了什么《雪之恋，密钥奇缘》，实在是太欺负人啦！

某编抹了一把冷汗，附和道：

是啊是啊，我也觉得桃殿下之前的更好，不过……

某桃呼出一口气，默默握拳：

好了，我都理解。等我某天混成了大神，看他们还敢不敢随便改我的书名！哼，憋着的这口气，总有一天我会吐出来，变成狂风暴雨虐死他们！

大喇叭（偷偷摸摸出场）：

关于改书名这个事，其实之前喇叭我也听说过不少，只不过这次撞到了桃殿下的枪口上了。要知道，桃殿下一向都是"自家的孩子最惹人疼"的典型代表，要逼她改书名，就等于说她的孩子不好看，说她没眼光，她不跟人急才怪呢！

某桃虽然妥协了，但始终心有不甘，于是想请"樱桃们"一起来评评理——到底是谁的审美有问题？

先奉上故事简介——

有一种感情，无论记忆被重置多少次，无论时间往回走多少次，都无法磨灭消失。

也许感觉有时比记忆更真实，那些被抹掉的仅仅只是记忆的痕迹，而内心深处对一个人的爱，是无论如何都无法被掩藏的。

这是一段雪国妖精和人类美少年之间最温暖的爱恋——

从雪国流落到人类世界的妖精夏雪瑶，为了改变悲惨的命运，不惜逆转时空，一次又一次回到命运的十字路口，企图改变命运注定的轨迹，可惜每一次到最后，又都陷入了新的绝境。明白逃避无法解决问题之后，在九尾狐阿九的帮助下，她决定正面出击，最终扭转了局面，不仅使得哥哥夏染辰免于车祸，还得到了新的线索，从恋人顾言汐心脏里取出了那把被封印的钥匙，在帮助雪国解决困境的同时，也获得了一份永恒真挚的爱情……

大喇叭：

那么现在大家都来选一选，到底哪个书名更适合这个故事？或者说，你觉得哪个书名更有吸引力呢？

A.《最奇缘，密钥恋歌》　　　B.《雪之恋，密钥奇缘》

参与方式有两种，一种是在微博@凉桃或者@魅丽优品，第二种是寄信给凉桃，桃殿下会随机抽取两名读者，免费赠送亲笔签名新书一本哦！欢迎大家踊跃参与！

魔法测试

嘘，你看，他来了！

你想不想来一场奇妙的恋爱之旅？

有能变出高贵王子的蛋糕的奇异魔法

角色演じ な

嘘，少年他来啦！

小洛姐姐施展了一个魔法，现在你们要完成以下步骤，才能见到自己的王子哦！

1

你遇到自己喜欢的人，会选择什么样的方式对待？

A. 大大方方表白。
B. 默默陪在他身边。
C. 试探一下对方是否也喜欢自己。
D. 害怕去面对，怕对方不喜欢自己。

2

然而他也是喜欢你的……

A. 主动提出交往。
B. 心照不宣地守在他身边。
C. 寻求适合表白的契机。
D. 哎呀，好羞涩哦！

3

然而他喜欢的另有其人……

A. 那又怎样？不影响我喜欢他啊！
B. 没关系，他总会被我感动的。
C. 他居然喜欢别人？是不是我哪里不够好？
D. 呜呜呜……他不喜欢人家！

4

如果有一天你发现你们之间有隔阂了……

A. 你根本没在意有隔阂的问题。
B. 默默做他喜欢的事情，让他看到你的好。
C. 一定要说出来，不然心里憋着难受。
D. 怎么办？我感觉和他的感情要破裂了……

如果有一天你们濒临分手……

A. 居然敢跟我分手？
B. 发现问题，解决问题。
C. 到了这个地步，即使痛苦也还是分开。
D. 大醉一场，然后大哭一场，一笑了之。

安利A

王子类型： 严齐《你是我回忆里的风景》

你的角色是： 柯灵。跟严齐般配指数85%。你是一个对待爱情很热情很专一也很固执的人，严齐这一类的男生会很容易注意到你的热情、你的固执，并会被你吸引。你偶尔大大咧咧，需要这么一个细心可靠的男生来保护你和照顾你哦！

安利B

王子类型： 许泽安《你是我回忆里的风景》

你的角色是： 莫默。跟许泽安般配指数95%。你是一个安静并且喜欢默默付出的人，要同样跟你一样安静温柔的男生才会注意到你的付出。并且，你足够善解人意，他跟你在一起不会很累。你们生活在一起，恬淡的小生活会让你们格外幸福呢！

安利C

王子类型： 陆宇风《你是我回忆里的风景》

你的角色是： 夏沐雨。跟陆宇风般配指数98%。你有一点小脾气，过得也很随意，自尊心也很强。陆宇风这种外表看起来洒脱自在，但是很懂女孩子心思的人最适合你。他会在你要发脾气的时候，及时察觉你的情绪，并巧妙地化解。你这样骄傲的小公主，必须有高情商的男生来收服你啊！

安利D

王子类型： 宁涛《你是我回忆里的风景》

你的角色是： 叶小蓓。跟宁涛般配指数85%。你是个头脑很简单的单纯小女生，只要能欺负他，你就已经很高兴了。宁涛这类男生就可以让你随便欺负，因为他特别宠你。这么甜蜜又有主见的男生，你怎么会不喜欢呢！

魔法测试

女王季きれい 重磅来袭！！

——如果《有你的年少时光》中的女孩子都是女王，那么你会是哪一款呢？

来，跟着小洛姐姐手指的方向，让我们往下一步一步走，直到找到属于我们自己的漂亮王冠和礼服，成为让全世界都敬仰的女王大人！

准备好了吗？
燃烧吧，女王们！

我的季节，我做主！

Question·1

你收到来自森林魔法师的一张邀请函，要你参加森林舞会。这个时候，你会选择以下哪一件礼服？

A.华丽礼服： 这样才配得上我的高贵。

B.素白礼服： 要淑女一点。

C.个性礼服： 适合自己才最重要。

D.可爱礼服： 我的世界我做主，哼！

Question·2

你到了舞会上，发现舞会还没有开始，这个时候你会怎么办？

A.四处走走： 快看，那里有帅哥！

B.安静地坐着： 好无聊，慢慢等吧。

C.和熟人聊天： 啊，终于看到认识的人了。

D.找点心： 饿死啦！饿死啦！我要吃！哼！

Question·3

有服务员经过，不小心撞了你一下，你的礼服被溅上了酒汁，这个时候你会怎么办？

A.骂他： 你知不知道，你破坏了我的好心情！

B.没关系： 我去洗手间擦擦就好了。

C.满脸通红地掉头就走： 羞死人啦！

D.心疼： 哎呀，人家最喜欢的裙子呢！

Question·4

上台阶时，你的高跟鞋不小心掉了一只，这个时候你会怎么办？

A.脱掉另一只： 本女王随时都有自信！

B.拜托男士帮忙： 先生，麻烦你了。

C.尴尬： 今天运气不太好……

D.兴冲冲地去捡： 哎呀，鞋子掉了。

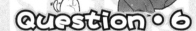

Question·5

你看见主人出来了，发现他是你喜欢的王子。可他周围围了一群女孩子，这个时候你会怎么办？

A.走过去： 用气势秒杀她们！

B.优雅地一笑： 端起酒杯，隔空与王子碰杯。

C.耐心等待： 我的王子人气真的很高呢。

D.不小心摔倒： 哎呀，王子，人家好痛，你快过来嘛……

Question·6

舞会结束，王子要送你回家啦！在浪漫又充满童话氛围的森林里，你想跟王子说些什么呢？

A.今天的感慨： 嗯，这个舞会还行吧，还算符合我的口味。

B.关心的话： 王子殿下，你今天累吗？

C.并肩不语： 哎呀，安静的暧昧，让人脸红心跳呢！

D.关于点心： 我跟你讲，那个××特别好吃，特别美味！

《霸气女王》
测试A最多

代表人物：
张静《有你的年少时光》

你很有自信，什么都喜欢冲在前面，并且表现得很好。你永远是个想要得到更多赞美和认可的女王。你觉得，你就是个站在食物链顶端的人！可是很多时候，我们要顾及一下身边人的感受呢。如果你对每个人都很尊重，都很细心，那么所有人都会拜倒在你的王冠之下啦！

《优雅女王》
测试B最多

代表人物：
林素儿《有你的年少时光》

你也是一个自信的女王，但你不会大张旗鼓地表现出来。你知道适当地体现自己，不会盲目冲动，会恰到好处地展现自己最美的时候。这样的你，会吸引很多异性哦。可是，在面对不尽如人意的事情的时候，你可能没有办法选择，这个时候，你就要问问身边人的意见啦。

《亲和女王》
测试C最多

代表人物：
姜颜《有你的年少时光》

有人说亲和的人不适合当女王，其实这可不一定。能掌握分寸、不娇柔做作的你，对待每个人都真心实意的你，很容易就能取得大家的信任。可是你的内心深处，还是很缺乏安全感的。所以，好好修炼自己吧，让自己拥有强大的内心，这会让自己和身边的朋友具有更大的优势呢。

《菜鸟女王》
测试D最多

代表人物：
安小晓《有你的年少时光》

你是个天真开朗的乐观派，虽然性格大大咧咧、糊里糊涂，很多事情都无法做得特别优秀，但是你对待朋友非常仗义，所以你的小缺点并不会影响你的大优点！而且，小小的失败并不会把你击垮，但是你也会承受不了太大的伤痛。为了未来，为了王子，冲锋吧，菜鸟女王！

新食街

甜点&天使

天团比拼之

——美男不嫌多

大家好，这里是松小果美男天团和巧乐吱美男天团大比拼的特别活动现场！

美男们还没入场，我就已经感受到各位观众巨大的热情。

哇！那边蓝色的气球海洋和这边红色的应援阵营都好壮观啊！

腹黑冷漠的冰山王子，温文尔雅的温柔学长，暴躁可爱的个性少年，款款都是我所爱，不知道今天都会有谁来参加我们的天团比拼呢？

废话不说了，美男们已经准备好要华丽入场了！

红方

巧乐吱
《橙星社甜蜜不打烊》
的橙星社美男团代表

宣言： 好的蛋糕如同天使，好的天使却不一定会做蛋糕。

蓝方

松小果
《下一站天使学院》
的天使学院天使团代表

宣言： 呵呵呵，一翅膀把你们和蛋糕一起扇飞！

主持人调侃： 为什么是红蓝？【因为自古红蓝……你懂的。】

最冷漠美男

红方

相原泽

身份：美食社社长
冷漠指数：★★★★

对在乎的人很好，对无关的人冷漠，偏偏对女主说话很刻薄。他是橙星社的灵魂人物，也是当之无愧的蛋糕之王。

蓝方

圣夜·米迦勒

身份：天使学院能力最强的天使
冷漠指数：★★★★★

黑夜给了他黑色的眼睛，幸亏他遇见了洁白翅膀下那一方黑色的羽影，毕竟有阳光才会有影子。

红方

秋叶北

身份：美食社副社长
温柔指数：★★★★★

传说中最柔软的蛋糕是北海道戚风，它将戚风蛋糕的柔软湿润发挥到了极致，这是秋叶北的撒手锏——是蛋糕的温柔，也是他的温柔。

最温柔美男

蓝方

远修·拉斐尔

身份：光明学部的温柔王子
温柔指数：★★★★

温柔，没有偏见，差一点失去所爱，还好，温柔并不代表不坚定，没有偏见也不代表没有主见。

最暴躁美男

红方

司简

身份：橙星社社员，相原泽表弟

暴躁指数：★★★★

一头红发"怒发冲冠"，和女主角见面必然吵架，不为什么，就是看不顺眼而已。至于为什么后来顺眼了？毕竟也是讲道理的人嘛！【那个说"因为抢走了表哥"的，你出来，我保证不打死你！】

蓝方

赫·亚伯汗

身份：暗影学部领导人

暴躁指数：★★★★

我才不承认喜欢你呢，因为太丢脸了！我这样的人怎么可能喜欢粉色翅膀的笨蛋！什么？你要离开我？你不喜欢我了？好吧，我答应，以后再也不骂你笨蛋了……

好啦！到这里我们甜点&天使约蓝……哦，不，美男不嫌多的天团比拼就要在一片尖叫和欢呼声中结束啦！想吃蛋糕出门左转，想摸翅膀出门右转。提前告诉大家，以上两项活动小编我都亲身体验过了，绝对超值哦！哈哈哈！

工作人员：喂喂，摄像机还在录，擦擦口水好吗？

夏小桐的夏日厨房

世界这么大，我想去尝尝

嘉宾：魅丽优品暖（dou）萌(bi)作者 夏桐
魅丽优品才情小天后 锦年

菜菜酱： 哈，又到了夏桐的夏日厨房时间，今天她会给咱们带来什么美食呢？大家是不是很期待呀？（别啰唆了）然后，今天菜菜还请来了咱们的人气小天后锦年，大家热烈欢迎！

@merry—锦年： 我来串场啦，大家好。

@merry夏桐： 欢迎欢迎！

菜菜酱： 好了，接下来是夏大厨时间。夏桐，快来介绍今天的美食吧！（星星眼）

@merry夏桐： 不知道上次的甜品，大家有没有学会呢？喝起来是不是很sweet？

@merry—锦年： （举手）我学会了！很好喝！

菜菜酱： 啊，原来锦年也看我们的节目啊！

@merry—锦年： 当然，我可是夏大厨的忠实粉（ji）丝（you）！

@merry夏桐： 那么这一期，就做一道锦年喜欢吃的菜吧。

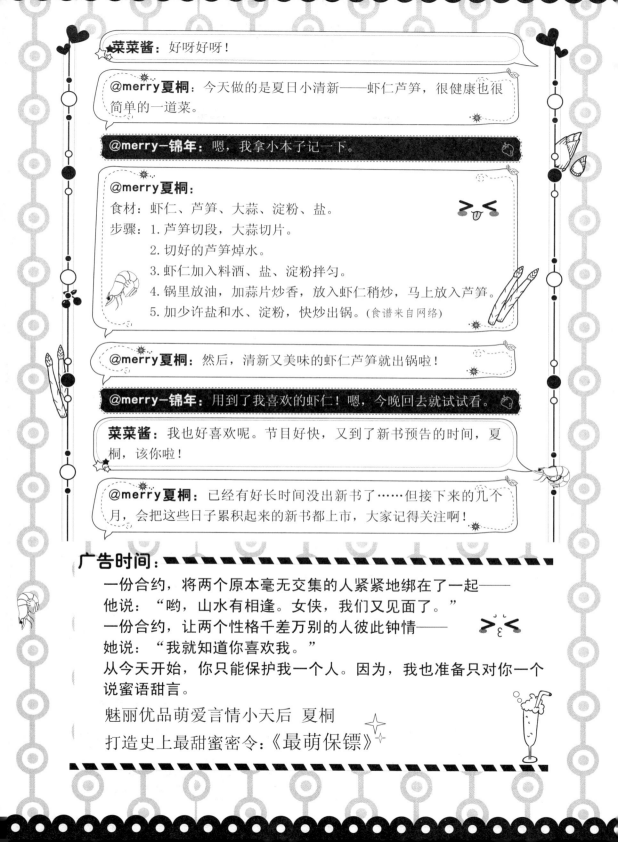

菜菜酱：好呀好呀！

@merry夏桐：今天做的是夏日小清新——虾仁芦笋，很健康也很简单的一道菜。

@merry－锦年：嗯，我拿小本子记一下。

@merry夏桐：
食材：虾仁、芦笋、大蒜、淀粉、盐。
步骤：1.芦笋切段，大蒜切片。
　　　2.切好的芦笋焯水。
　　　3.虾仁加入料酒、盐、淀粉拌匀。
　　　4.锅里放油，加蒜片炒香，放入虾仁稍炒，马上放入芦笋。
　　　5.加少许盐和水、淀粉，快炒出锅。(食谱来自网络)

@merry夏桐：然后，清新又美味的虾仁芦笋就出锅啦！

@merry－锦年：用到了我喜欢的虾仁！嗯，今晚回去就试试看。

菜菜酱：我也好喜欢呢。节目好快，又到了新书预告的时间，夏桐，该你啦！

@merry夏桐：已经有好长时间没出新书了……但接下来的几个月，会把这些日子累积起来的新书都上市，大家记得关注啊！

广告时间：

一份合约，将两个原本毫无交集的人紧紧地绑在了一起——
他说："哟，山水有相逢。女侠，我们又见面了。"
一份合约，让两个性格千差万别的人彼此钟情——
她说："我就知道你喜欢我。"
从今天开始，你只能保护我一个人。因为，我也准备只对你一个说蜜语甜言。

魅丽优品萌爱言情小天后 夏桐

打造史上最甜蜜密令：《最萌保镖》

互动有奖调查表

姓名: _____ **年龄:** _____ **性别:** _____ **电话:** _____

地址: _____

　　欢迎来到魅丽优品的新书新貌新世界！全新的改版，浪漫、诙谐、有趣，种种不同的新书预告和介绍，以多彩多姿的面貌呈现在你的面前。在未来的一年里，我们将持续且创新地在每本书后推出各种精彩新书专栏和展示不同内容，如果你喜欢我们精心创作的这份随书附赠的小小礼物，就请回复我们来支持我们吧。

❤ 你的最爱

1. 本期新书预告专栏中，你最爱的栏目是？（多选题，请在最喜欢的几个栏目后打√）

　　新秀街　　　　八卦茶话屋　　　　魔法测试

2. 本期新书预告专栏中，你最爱的新书是？（请根据你喜欢的栏目内容标明你喜欢的3本新书）

_____

_____

_____

3. 本期新书预告专栏中，你最喜欢的作者按顺序是？（请列举三位）

_____ 、 _____ 、 _____

4. 本期的图和文字，你更喜欢哪一种？（二选一，在选项后打√）

　　图画排版　　　　文字内容

❤ 线下投票:

　　填好以上表格，将它寄回魅丽优品的大本营：

　　湖南省长沙市开福区黄兴北路89号上城金都南栋21楼　魅丽优品 市场部 收

你100%有机会得到我们送出的礼品一份。

❤ 线上投票:

　　如果不想寄信，你可以登录我们的微博和微信进行投票，也有机会得到我们送出的新书一本哦。快来扫一扫，进行线上投票吧！

| 魅丽优品微博二维码 | 魅丽优品微信二维码 | 瞳文社微博二维码 | 瞳文社微信二维码 |